吉尔伽美什

青 川 编译

吉林大学出版社

图书在版编目（ＣＩＰ）数据

吉尔伽美什 / 青川编译 . —长春：吉林大学出版社，2019.6
ISBN 978-7-5692-4988-0

Ⅰ.①吉… Ⅱ.①青… Ⅲ.①英雄史诗—巴比伦
Ⅳ.①I370.22

中国版本图书馆 CIP 数据核字（2019）第 117643 号

吉尔伽美什
JI'ERJIAMEISHI

作　　者：青　川
策划编辑：魏丹丹
责任编辑：魏丹丹
责任校对：赵　莹
开　　本：880mm×1230mm　1/32
字　　数：100 千字
印　　张：5
版　　次：2019 年 6 月第 1 版
印　　次：2019 年 6 月第 1 次印刷

出版发行：吉林大学出版社
地　　址：长春市人民大街 4059 号（130021）
　　　　　0431-89580028/29/21
　　　　　http://www.jlup.com.cn
　　　　　E-mail:jdcbs@jlu.edu.cn
印　　刷：三河市吉祥印务有限公司

ISBN 978-7-5692-4988-0　　　　　定价：25.00 元

前　言

　　这是一个发生在四千八百多年前的故事。

　　有人不免要产生疑问了，四千八百多年前的故事能是真实的吗？想必是杜撰的吧？

　　我要告诉你的是，这是一个真实的故事，它来源于最早的英雄史诗——《吉尔伽美什史诗》。史诗，是一种庄严的文学体裁，是歌颂人类英雄功绩或讲述重大历史事件的叙事长诗。《吉尔伽美什史诗》讲述了苏美尔时期的英雄吉尔伽美什的传奇故事，同时穿插了两河流域（底格里斯河和幼发拉底河之间的美索不达米亚平原）的许多神话传说。

　　《吉尔伽美什史诗》的最早版本是用楔形文字刻在泥板之上的。19世纪中叶，英国考古学家奥斯丁·亨利·莱亚德和他的伊拉克助手霍姆兹德·拉萨姆在亚述古都尼尼微发现了亚述国王亚述巴尼拔的图书馆，在这里发掘了大量刻有楔形文字的泥板，其中就有咱们今天所说的《吉尔伽美什史诗》。后来，这些泥板一直珍藏在大英博物馆。1872年，乔治·史密斯在这些泥板中发现了这部史诗的碎片，由此，人们才逐渐开始对《吉尔伽美什史诗》进行破译与研究。

记载这部史诗的泥板共计12块，3500行。主要讲述了英雄吉尔伽美什的事迹以及他与朋友恩奇都之间的友谊。虽然年代久远，缺乏充足的证据，但很多学者依然认为吉尔伽美什是真实存在的。根据《苏美尔王表》上的记载，吉尔伽美什是卢伽尔班达之子，乌鲁克的第五任国王。像其他英雄传说一样，在长期的传颂过程中，吉尔伽美什的故事被赋予了神秘的浪漫主义色彩，人们将许多美好的情感和愿望寄托在他的身上，同时还将许多高尚的品质赋予他，如美貌、勇敢、正义、力量等。

根据学者的研究，这部史诗分为四部分。

第一部分主要讲述年轻的吉尔伽美什性情残暴，不知体恤民情，增加赋税，还抢人妻女，强征青年男子，以致民怨沸腾。乌鲁克的人民只好向众神哭诉，因此，女神阿鲁鲁创造了一个半人半兽的恩奇都，让他降生于乌鲁克城外的森林里。在神妓沙姆哈特的引诱下，恩奇都来到乌鲁克城，与吉尔伽美什不打不相识，成为形影不离、患难与共的好朋友。

第二部分主要讲述了吉尔伽美什与恩奇都远征雪松

林，打败怪兽洪巴巴，救出了被囚禁的女神伊什塔尔。伊什塔尔爱上了英勇的吉尔伽美什，并向他求婚。被吉尔伽美什拒绝后，伊什塔尔让天牛给乌鲁克城带去七年旱灾。吉尔伽美什与恩奇都齐心协力杀死了天牛，赶走了女神伊什塔尔，拯救了乌鲁克人民。

第三部分主要讲述恩奇都受到众神的惩罚，病重而死。失去好朋友的痛苦和对死亡的恐惧，让吉尔伽美什决定去寻找先祖乌特纳匹施提，向他请教永生的奥秘。他穿越了危险重重的马述山和死亡之海，来到水天之岸，知道了乌特纳匹施提得以永生的真相及大洪水的故事。吉尔伽美什无功而返，在回程的途中，摘得一棵长生仙草，却被一条蛇偷吃了。他两手空空回到了乌鲁克城。

第四部分主要讲述在太阳神沙马什的帮助下，吉尔伽美什与恩奇都的灵魂相见，明白了大地的法则，不再执着于对生与死的探索，而是决心做一个有所作为的国王。从此，他加固城墙，修缮工事，兴建水利，还打退了侵犯者基什王阿伽，得到了乌鲁克城人民的拥戴。

这是一曲英雄的赞歌，也是一首友谊的赞歌。整个故事情节曲折离奇，跌宕起伏，引人入胜，既有感人肺腑的亲情、友情，也有慷慨激越的战斗场面，读来令人感觉气势宏大，浪漫而神秘。另外，故事中还塑造了一众别具特色的天神形象，各有各的职责，也各有各的缺点和私心，像普通人一样，都不是完美无缺的。

希望读者跟着吉尔伽美什和恩奇都这对好朋友，一起穿越四千八百多年，去往美索不达米亚平原，看看美丽的乌鲁克，沐浴古老的苏美尔文明之光！

目　录

第五部分　重回乌鲁克城

第一部分

吉尔伽美什和恩奇都

年轻的乌鲁克王

这是一个久远而古老的故事，发生在四千八百多年以前。

根据《苏美尔王表》上的记录，很久很久之前暴发了一场大洪水，淹没了房屋、稻田，还有无数的生灵，毁灭了整个世间，到处都是汪洋一片。洪水退去，天神把人类的最高统治权降落至基什，历任二十三代王朝，长达一万七千九百八十年。后来，乌鲁克征服了基什，最高统治权归于乌鲁克。

乌鲁克在哪里呢？它位于美索不达米亚南部幼发拉底河下游右岸，也就是今天的伊拉克境内。

乌鲁克王权传至第五朝，由吉尔伽美什接任。他是女神宁孙和国王卢伽尔班达的儿子，也是一个与众不同的人，因为他身上流着神圣的血，所以他三分之一是人，三分之二是神。吉尔伽美什一出生就注定拥有非凡的智慧和非凡的力量。这一特殊的身份，使吉尔伽美什得到了诸神的眷顾，女神宁孙为他提供营养充足的乳汁，太阳神沙马什给了他俊美的脸庞，大母神蓓蕾特·伊莉为他塑造高大的身躯，水神努迪姆德为他铸就强健的体魄，智慧之神埃阿赋予他王者的智慧。因此，吉尔伽美什生来就是一个拥有超强智慧与力量的美男子，他有一头浓密漂亮的长发，身材修长而健壮，腿长八尺，脚长三腕尺①，他迈出一步就是六腕尺，也就相当于三米的距离。

随着年龄的增长，吉尔伽美什越发俊美，身姿挺拔，气度非凡。可是，身为乌鲁克的王，吉尔伽美什却不懂得善待人民，更不要说治理国家了。他每天腰别匕首，手持利斧，带着一群侍从，昂头挺胸，威风凛凛地走在大街上。每个人都认识他，都敬畏他。谁要是无意间挡了他的路，就会像老鹰抓起小鸡一样，被扔得远远的；他看到年轻健壮的青年就抓去做苦力，看到美丽的姑娘就抢去做王妃。人们都惧怕他，却不敢反抗他。吉尔伽美什还不断地实行暴政，增加徭役和赋税。乌鲁克人民怨声载道，怒气震天，对年轻的国王越来越不满，不信，那就来听听人们的心声：

---

① 腕尺，也叫肘尺，是古代的一种长度测量单位，等于从中指指尖到肘的前臂长度，或约等于 17 至 22 英寸（43 至 56 厘米）。

天上的神啊，

难道你为乌鲁克带来了一头凶残的野牛？

虽然他智慧勇猛，英姿伟岸，

但是他没有一颗仁慈的心。

他强征年轻的男子，抢走美丽的姑娘，

他让父亲失去儿子，让母亲失去女儿，

他的侍从战战兢兢，从不敢违抗。

他的残暴行径夜以继日，

他到底是乌鲁克的王，还是一个暴君？

天上的神啊，

你为何要给乌鲁克造就这样一头野牛！

乌鲁克人民的抱怨声传到了女神的耳中，女神们不知如何是好，就将此事汇报给了大神安努。安努急忙召来女神阿鲁鲁，吩咐道：

"阿鲁鲁，众神造就的年轻国王吉尔伽美什勇猛异常，没有人可以抵抗他、征服他。现在我需要你按照吉尔伽美什的样子去创造一个对手，他必须有一颗强大的心和无穷的力量，让他去跟吉尔伽美什抗衡，消耗吉尔伽美什的精力，如此一来，乌鲁克便可以恢复曾经的和平与安定了。"

阿鲁鲁接受了天神安努的命令，立刻着手去办。她将双手洗干净，取来一抔造人的泥土，心里想象着能够与吉尔伽美什匹敌的形象，一边迅速创作着。很快，一个年轻而健壮的男人就造出来了。阿鲁鲁让战神尼努耳塔赋予他力量，于是，他便拥有了与吉尔伽美什战斗的资本。然后，阿鲁鲁将他投掷到了乌鲁克城外的森林里。

恩奇都降生了

就这样，吉尔伽美什的对手悄然诞生了。女神为他起名为"恩奇都"。

恩奇都全身长满长长的毛发，头发像女子一样披在肩上，像女神尼萨巴的头发那样卷曲而浓密。他半人半兽，与普通人大不相同。恩奇都降生在山野，不知道自己是谁，来自哪里，要去何方，也从没有见过人类，不知道世界其实很大，还有很多城邦，那里每天都发生着许多稀奇古怪的事情。

恩奇都看到森林里各种各样的野兽，有的在吃草，有的在饮水，他以为自己也是其中的一员，便也学着野兽的样子，在森林里奔跑玩耍，饿了就吃青草，渴了就跑到水塘边喝水，每天过得十分开心。

不过，森林里并不是永远都那么太平，猎人时常会来这里狩猎，还会设下陷阱，专门捕捉羚羊、麋鹿、豹子等野兽。

这天，猎人再次来到森林里狩猎，他在水塘边遇见了恩奇都。那是什么？长毛怪物吗？猎人揉揉眼睛，怀疑自己看错了。当他睁大眼睛仔细再看时，那只怪物也在打量他，全身毛发，目光如炬。猎人吓得浑身颤抖，无法动弹。过了好久，他看那个怪物并没有攻击他的意思，这才慢慢反应过来，飞快地跑开了。

恩奇都内心的疑惑和恐惧绝不亚于猎人，他从未见过像猎人那样的物种，不知他为何那样盯着自己看。恩奇都越想越怕，只得跟着其他野兽结伴而行，回到了自己的洞穴。

接下来几天，猎人与恩奇都又在水塘边相遇了，每次照面，两个人都会被彼此吓得惊慌失措，拼命逃窜。

猎人仿佛经历了一场漫长而艰苦的跋涉，疲惫不堪地回到家中，内心的恐惧与忧虑让他不安。父亲见他满面愁容，就问儿子为什么事发愁？于是，猎人向父亲讲述了这几天来的遭遇。

"父亲啊，我在森林里狩猎多年，从来没有遇到过这样奇怪又可怕的事情。我在水塘边看到一个浑身长满毛发的怪物，他看上去无比强悍，其力量可与天神安努的守卫相较。他每天游荡在森林山野，与野兽相伴，吃青草，喝塘水。我布下的陷阱，被他毁了，挖下的兽坑，被他填平。从遇见他的那天开始，我再也没有捕到过一只野兽。再这样下去，我们将无以为生。"

父亲听了儿子的讲述，倒是一点儿也不着急，他对猎人说："我的孩子，如果仅仅是这件事，那你完全不用担心。你知道，乌鲁克城有一位智慧与力量皆天下无双的吉尔伽美什，没有谁能够战胜他。孩子，到乌鲁克去，去拜见吉尔伽美什王，向他如实讲述你所看到的一切，告诉他那个人拥有无穷的力量，可比天降巨石。去吧，我的孩子！"

猎人听从了父亲的建议，即刻动身前往乌鲁克去拜见伟大的、年轻勇敢的国王——吉尔伽美什。来到吉尔伽美什王面前，猎人如实讲述了自己的遭遇：

"我伟大的乌鲁克王，吉尔伽美什，我在森林的水塘边看到一个浑身长满毛发的怪物，他看上去无比强悍，其力量犹如天降巨石，可与天神安努的守卫相较。他每天游荡在森林山野，与野兽相伴，吃青草，喝塘水。我布下的陷阱，被他毁了，挖下的兽坑，被他填平。从遇见他的那天开始，我再也没有捕到过一只野兽。伟大的乌鲁克王，吉尔伽美什，我不知如何是好，只得来找您，请求您告诉我该怎么做。"

吉尔伽美什从来没有听说过这样的事情，更没有见过如此奇怪的人。他对猎人说："去吧，猎人，去伊什塔尔神庙找美丽的神妓沙姆哈特，让她跟你一同回去。然后，你将她带到野兽聚集的水塘边，沙姆哈特将会展现她那妖娆的身躯，施展女性特有的魅力，吸引怪物的注意力。怪物会忍不住向她靠近，而兽群却会因此而远离他。"

沙姆哈特的魅力

　　猎人听从吉尔伽美什的吩咐，带着神妓沙姆哈特一起回到了森林。他们藏在水塘旁边的树丛之中，只等野兽们的出现。一天、两天过去了，没有见到那个怪物的影子。第三天，兽群终于出现了，朝水塘方向缓缓走来。所有野兽都齐齐地趴在水塘边饮水，那个浑身长满长毛的怪物——恩奇都，也在其中。

　　猎人赶忙指给沙姆哈特看，并说道："那就是恩奇都，最凶猛的野兽。沙姆哈特，记得我们此行的目的，请施展你女性的魅力，吸引他的注意力，让他爱上你，并带他远离兽群。他一定会看到你、走近你，你只要用耐心与母性唤醒他、启发他。虽然恩奇都从小在兽群中长大，但当野兽们看到他与你走在一起，就会逐渐远离他。"

　　果然，恩奇都注意到了沙姆哈特，被她的容貌所吸引，不由自主地跟在她的身后。恩奇都从来没有见过如此美丽的动物，比森林里任何一种野兽都要美丽千万倍。就这样，沙姆哈特成功地将恩奇都吸引到了自己的身边。他们在森林里开心地散步，愉快地交谈。恩奇都听沙姆哈特讲述森林山野以外的事情，那儿有繁荣的城邦、可爱的人类。他们整整讲了六天六夜，恩奇都感受到了一种从来没有过的幸福和快乐。

七天后，恩奇都离开沙姆哈特，想重新回归兽群。可是，那些动物一见到他便远远地躲开，眼神里满是戒备和恐惧。恩奇都惊慌而无助，他想追上去问个究竟，可还没有靠近，羚羊和麋鹿便撒腿跑开了。这时，恩奇都也感觉到自己与往日有所不同，他的双腿不再像野兽那般灵活，力量和速度也远远不如以前，根本就无法追逐那些奔跑的野兽。与此同时，恩奇都感觉自己的某些意识苏醒了，心思澄明，头脑灵活。他似乎知道了，原来自己并不是一只野兽。

恩奇都只好回到水塘边，回到神妓沙姆哈特的身边。他开始思考自己是谁，来自哪里，要去哪里？

沙姆哈特对他说："恩奇都，你那么英俊，拥有无穷的力量与智慧，就像神一样，为什么要和野兽一起生活，在山林里消磨时光呢？跟我走吧，跟我到乌鲁克城去，去安努和伊什塔尔的神庙！那儿有一位伟大的国王——吉尔

伽美什，他外形俊美，身姿伟岸；他力大无穷，力量远胜
于你；他精力充沛，像一头野牛一样统治着他的人民。"

听了沙姆哈特的话，恩奇都对乌鲁克城充满了向往，
对那儿的人们也充满了好奇，特别是听说吉尔伽美什像他
一样健壮、强大，很是开心，他很想认识这样一位朋友。
恩奇都说："走吧，沙姆哈特，带我去安努和伊什塔尔的
神庙，去看乌鲁克高高的城墙，去见那头强大的野牛——
吉尔伽美什。我要向他发出挑战，我要站在乌鲁克的城头
宣布：我是世界上最强大、最伟大的人，命运都无法左右
我。我要让所有人知道，出生在森林里的我，是不可战
胜的！"

听了恩奇都的宣言，沙姆哈特说："恩奇都，为什么
如此盲目自信，又如此傲慢无礼呢？你可知道，吉尔伽美
什是由诸神创造的，也被诸神所守护。他不仅有强健的体
魄，还有无穷的智慧。"

"哦，沙姆哈特，乌鲁克城是什么样的？那儿的人是
否欢迎我？"

沙姆哈特又鼓励他，说道："别担心，恩奇都。走吧，
我们到乌鲁克城去！你会看到盛大的庆典，听到优美的乐
曲。那儿的男人强健有力，女人容颜娇美。街道上热闹非
凡，人们会因为你的到来而跳起欢快的舞蹈，唱起欢乐的

颂歌,你一定会喜欢的。好了,恩奇都,请放下你的傲慢,也不必太过忧心,我们出发吧。也许身在乌鲁克的吉尔伽美什,此时已在梦中得到了预示!"

吉尔伽美什的梦

　　果然，正如神妓沙姆哈特所预料的那样，身在乌鲁克城的吉尔伽美什做了一个奇怪的梦。醒来后，他回想着梦中的情景，百思不得其解，便前去拜见女神宁孙，并将自己的梦讲给母亲听。

　　"亲爱的母亲，昨天夜里我做了一个奇怪的梦，梦中，我迈着大步，开心地走在诸神中间。这时，繁星闪耀的夜空，忽然有一颗彗星迅速坠落，如巨石一般向我飞来。我想要举起它，可是它真的太沉了；我想要挪开它，它也纹丝不动。乌鲁克城的人们都跑来帮助我，大家挤在彗星的周围，议论纷纷。英雄们弯下腰亲吻它，就像亲吻一个娇嫩的婴儿。我同样喜欢这颗巨大的彗星，有种亲人般的亲切感。在全城人民的帮助下，我用尽力气将它顶在头上，将它放在您的面前。您对待他，就像对待您的儿子一般亲切。母亲，您说这个梦做得奇不奇怪？"

女神宁孙听完吉尔伽美什的讲述，温柔地对儿子说：

"我的孩子，你梦到夜空中有一颗像巨石一般的彗星坠落，向你的头顶飞来，你想要举起它却举不动，你想要移开也挪不动。你搬起这颗彗星将它放到我的脚下。我对待它，就像对待我的儿子一样亲切。而你，看到它，就像看到亲人一般，想去拥抱它，亲吻它。这是一个奇特而美好的梦，代表着将有一个好朋友出现在你的生命中。他与你一样，拥有强大的力量，将与你携手相伴，共同守护乌鲁克城。你的这位朋友出生于森林，是天生的强者，力量之大，仿若天降巨石，无人能敌。如果有一天你见到他，一定会喜欢他，迫不及待地拥抱他，并与他建立深厚的情谊，像亲生兄弟一样，再也无法分离。他会因有你而变得更强大，而你也会因有他而成为乌鲁克最伟大的王。孩子，你做的这个梦会带来吉祥美好的预兆。"

听了母亲的话，吉尔伽美什安心了，他回去后重新躺下，沉沉睡去。这次，他又做了一个梦。醒来后，他又一次来到女神宁孙身边，将梦中的情景讲述给母亲听：

"我的母亲，刚才我又做了一个梦。在梦中，我看到有一把巨大的战斧横放在乌鲁克城的中央广场上，全城人民都聚集在它的周围。我看着这把战斧，有一种莫名的喜爱感，它像是有一种奇妙的魔力，吸引着我，让我心情愉悦，忍不住上前抚摸它、亲吻它。我小心翼翼地拾起这把战斧，将它带到您的面前，放在您的脚下。您对待它，就像对待您的儿子一般亲切。"

无所不知、通晓万物的女神宁孙——聪慧睿智的伟大母亲——对她的儿子吉尔伽美什说道："我的孩子，你梦见的这把战斧，其实是你的伙伴。你见到它，便心生欢喜，忍不住像对亲人一样去拥抱它、亲吻它。你将它带到我的身边，我对待它，像对待自己的儿子一般亲切。这是一个奇特而美好的梦，预示着将有一个强大的伙伴来到你的身边，他将与你并肩作战，荣辱与共，成为你不可替代的朋友。他出生于森林，是天生的强者，力量之大，仿若天降巨石，无人能敌。"

听了母亲的话，吉尔伽美什很是开心，要知道，长这么大，他还从来没有过一个知心伙伴，更不明白友情是什么。于是，吉尔伽美什对母亲说："亲爱的母亲，您说的这位伙伴，是大地和空气之神恩利尔派到我身边来的吗？他会喜欢我吗？我什么时候能够见到他？我们会成为朋友吗？我马上就要拥有一位跟我一样强大的朋友，真是太高兴了！"

当森林中的恩奇都与他的爱人沙姆哈特准备出发来乌鲁克城的时候，吉尔伽美什正好做了这两个奇特而美好的梦。

恩奇都走出森林

在吉尔伽美什做着美梦的时候，森林里，恩奇都和他的爱人沙姆哈特正准备着出发前往乌鲁克城。此时的恩奇都在沙姆哈特的启发下，心智变得成熟、开阔，对外面的世界充满了好奇与憧憬。他听从了沙姆哈特的建议，收拾行装，跟她一起到乌鲁克城去。

可是，从小在森林里长大的恩奇都连一件完整的衣服都没有，怎么走出去呢？沙姆哈特将自己的长裙撕下一块，披在恩奇都的身上，权当作衣裳了。然后，沙姆哈特牵着爱人的手，温柔得像一位母亲，又像一位女神，引导懵懂的恩奇都走出森林。

不久，他们来到了牧人住的地方。牧人早就听说森林里有一位长相奇特、力大无穷的恩奇都，但还从来没有见过。此时，当恩奇都活生生地站在他们面前，牧人吓了一跳，赶忙躲开。沙姆哈特连忙安抚他们，牧人才试着慢慢走近。牧人们围着恩奇都好奇地打量着，纷纷议论：

"真奇怪，他长得和我们的乌鲁克王几乎一模一样啊！"

"看他，身材魁梧，体魄健硕，一定力大无穷！"

"从小生长在森林里的人就是不一样啊，天生神力，一看就是一位勇士！"

沙姆哈特带着恩奇都跟随牧人走进帐篷。恩奇都好奇地看看这儿，看看那儿，有点不知所措。牧人将准备好的午餐端上了桌，有香喷喷的烤面包、香甜可口的麦芽酒，还有刚刚烤熟的羊肉，真是诱人啊！这是恩奇都从来没有见过的，更没有吃过，他睁大眼睛瞧着，不知如何下手。

沙姆哈特温柔地牵着恩奇都的手，坐在他身边，将桌上的食物一一介绍给他，并对他说："这些才是人们应该吃的食物，是大地的恩赐。"

恩奇都吃了面包，喝了麦芽酒，身体里感受到一种从未有过的舒适感，口腔里感受到一种从未品尝过的香气。恩奇都逐渐喜欢上了这种食物，特别是美酒，他喝了一杯又一杯，喝到第七杯的时候，他的内心升起一种无法抑制的愉悦之情，脸上露出了纯真的微笑。这才是人特有的感受啊！

恩奇都将羊肉上的油脂擦在乱蓬蓬的长发上，将它梳顺，变得服帖。然后，他又拿起牧人送来的服装穿在身上。这时，恩奇都终于体会到人与野兽的不同！

几天后，恩奇都与牧人们相处得越来越融洽，越来越意识到自己身为人应该做什么。他与牧人们成了朋友，甚至还成了他们的守护者。夜里，牧人们入睡之后，恩奇都就守在牧场，一旦有狼群、狮子之类的野兽闯进来，他便拿起武器，向他曾经的伙伴开战。慢慢地，野兽再也不敢侵犯牧场了。

人们对恩奇都好感倍增。

"他可真是一位勇士！"

"不，他是一位英雄！"

恩奇都声名远扬，人们都为能见到这位英雄而深感荣耀。他的美名也传到了乌鲁克城内，人们四处打听这位英雄的事迹。

一天，沙姆哈特正在帐篷里等待恩奇都打猎归来。这时，一个男子急匆匆地跑来，气喘吁吁地问："请问，你知道大英雄恩奇都住在哪里吗？我找他有急事，如果你知道的话，请告诉我！"

沙姆哈特还没来得及回答，恩奇都便扛着一头猎豹走了进来。

"这就是恩奇都。"沙姆哈特对那个男子介绍道。

男子急忙走到恩奇都面前，说道："恩奇都，我的大英雄，请您帮助我抢回新娘！"

原来，这个男子马上就要结婚了，连新房都布置好了，可他的新娘却被吉尔伽美什抢走了。任性的乌鲁克王——吉尔伽美什在城中央的广场放置了一面大鼓，当这面大鼓被敲响，人们就要给他送来一名女子。不管这位女子是否有了心上人，也不管她是否许配了人家，吉尔伽美什都必须要做少女的第一任丈夫。就算在婚礼上，吉尔伽美什也要将人家的妻子抢走。

因此，这个男子从乌鲁克城匆忙赶来，希望恩奇都能够跟他到乌鲁克城参加婚礼，帮他夺回心爱的女子。

恩奇都听了，气得狠狠地挥动拳头，牙齿咬得咯咯直响，全身的毛发都不停地颤抖。这个吉尔伽美什太嚣张、太霸道了，怎么配做乌鲁克的王？恩奇都真想立刻冲到吉尔伽美什面前，狠狠揍他一顿。

恩奇都一刻也等不了，他带着沙姆哈特和那位求助的男子匆匆赶往乌鲁克城。

不打不相识

很快，他们就看到了乌鲁克高大的城墙，威严的安努和伊什塔尔的神庙，来到繁华热闹的街道。可是，恩奇都根本没有心思去欣赏这一路的美景，他径直向中央广场赶来。

当恩奇都出现在乌鲁克城的中央广场时，全城轰动，人们纷纷赶来，围绕在他身边，打量着他，仰望着他，赞美着他。

"这就是大英雄恩奇都啊！"

"快看啊，他长得和吉尔伽美什多像啊！"

"是啊，不过，他看起来更有力量，虽然比吉尔伽美什稍微矮一点儿。"

"听说他降生在森林里，从小被野兽喂养长大，力大无穷，犹如天降巨石。"

那些曾受到吉尔伽美什奴役残剥的人们——失去妻子的丈夫，失去孩子的父亲，不禁欢呼起来。终于有一位英雄来到乌鲁克城了，就让他与伟大的吉尔伽美什对抗，分个高低。

人们将英雄恩奇都迎进安努和伊什塔尔的神庙，只等吉尔伽美什的到来。而那些即将送给乌鲁克王的女子此时也都住在神庙里，等着厄运降临。

黄昏时分，吉尔伽美什出现了。他丝毫没有意识到自己的对手早已等候多时了，还像往日那般，昂首阔步地走在前面，后面跟着一群小心侍候的随从。

突然，一个高大的身影挡在了吉尔伽美什的面前。谁这么大胆，竟然敢拦乌鲁克王的路？吉尔伽美什怒气冲冲地看了恩奇都一眼，伸手就想推开他，然后像平时对待可怜的乌鲁克平民一样将他扔到一边。没想到，眼前的这个人纹丝不动。

恩奇都见吉尔伽美什如此无礼，早就忍得不耐烦了，直冲上前来，两人打成一团。这场面，就好像两头发了怒的野牛，谁也不让谁，一会儿吉尔伽美什占了上风，一会儿恩奇都又控制了局面。你来我往，你退我进，来来往往，打得难分难解。他们从神庙门前打到了中央广场，只打得门柱横断，墙壁裂纹。两个人施展浑身力量，将乌鲁克城打得天昏地暗，却始终没分出胜负。

天黑了，夜深了，太阳再次升起。两位旗鼓相当的英雄耗尽了体力，坐在地上，相互看着对方，怒气逐渐消退，心里不约而同地升起一种惺惺相惜之情。他们都渴望能拥有一位与自己同样强大、携手相伴的朋友，而对面那位似乎正是彼此真正需要的朋友。

恩奇都对吉尔伽美什佩服有加，他站起身，说道："听说你像野牛一样强大，诸神赋予你无穷的智慧与力量，女神宁孙是你的母亲，守护你长大，并成为乌鲁克的王。果然不假，你是野牛当中最强大的一头！"

吉尔伽美什对恩奇都也同样赞赏不已，他感觉到，这就是自己梦中的那位伙伴，也就是梦中的彗星、梦中的战斧所预示的朋友。这真是不打不相识啊！吉尔伽美什高兴极了，他站起来，紧紧地拥抱恩奇都——来自森林的好伙伴。

"你终于来了，我的朋友，你就是神赐予我的伙伴啊！"

恩奇都也还以热烈的拥抱，他知道，自己天生就该属于乌鲁克城，而吉尔伽美什注定是他的伙伴。

吉尔伽美什迫不及待地想把自己的朋友介绍给母亲宁孙。此时，他早就顾不上抢新娘这种事了，立刻就带着恩奇都回了王宫，来到母亲面前。

"母亲啊，快看，这就是我梦中的朋友，恩奇都。与您对我说过的一样，他身材高大健壮，力量大得如同天降巨石。他能打善战，与我不分伯仲。我们已经成为最好的朋友了！"

女神宁孙——吉尔伽美什的母亲——看到他们十分高兴，对吉尔伽美什说道："我的孩子，你梦中的彗星、梦中的战斧，正是眼前的恩奇都，他是神赐予你的伙伴，是大地和空气之神恩利尔派来的使者。你们将成为一生的好朋友、好兄弟，彼此扶持，患难与共，共同守护乌鲁克城的安宁。"

听了母亲的话，吉尔伽美什和恩奇都明白了，他们是命中注定的朋友。在女神的见证下，两位朋友结为兄弟，他们热烈拥抱，感受友谊的温暖与力量。

第二部分

大战洪巴巴

可怕的怪兽

自从恩奇都来到身边后，吉尔伽美什与他朝夕相伴，形影不离。吉尔伽美什每天都过得很快乐，也很充实，对曾经的那些罪恶的事再也没有兴趣了。他不再抢夺母亲的女儿、父亲的儿子、士兵的妻子，不再残暴地对待城中百姓，他还拆掉了中央广场的那面大鼓，将它摔得粉碎。乌鲁克城的人们不禁高兴地欢呼起来："伟大的乌鲁克王——吉尔伽美什万岁！"

想起以往的日子，吉尔伽美什不禁感慨，如果恩奇都早些来到他身边该有多好，那样他就可以更早地体会到友情的珍贵，这世上还有什么事情能比与知心朋友在一起更让人开心呢？两位好朋友真是相见恨晚啊！

快乐的日子总是过得很快，吉尔伽美什在王宫里待久了，很想出去走走。他一直有一个愿望，那就是进行一场探险。现在，有好朋友相伴，他终于可以完成心愿了。

吉尔伽美什对恩奇都说："亲爱的朋友，我们都有强大的力量和无限的勇气，一直待在这座封闭的王宫里，实在太浪费了，我们不如去做一些有意义的事情。"

恩奇都听了，很是兴奋，便问道："好是好，只是我们去做什么有意义的事情呢？"

吉尔伽美什回答道："我们一起去雪松林探险吧！去征服那片伟大的森林！"

"什么？"恩奇都大吃一惊。

要知道，吉尔伽美什所说的那片雪松林是一个从未有人踏足过的地方，那里的雪松是用来支撑天地的支柱，所以大地和空气之神恩利尔专门派了一只怪兽镇守在那儿，以威慑人类。

那只怪兽名叫洪巴巴，凶猛异常，他的吼叫可以引发山洪暴发，他一张口就能喷出熊熊烈火，将整座山林都烧光。谁要是敢侵占他的地盘，会被撕得粉碎，连骨头都不留。听说女神伊什塔尔就是被这个怪兽洪巴巴抓走了，一直囚禁在雪松林深处，至今没有被救出来。

吉尔伽美什看恩奇都露出惊讶的表情，忍不住问道："怎么了？"

恩奇都说："吉尔伽美什，我的朋友，你怎么会想到要去雪松林呢？你不知道那儿有怪兽洪巴巴镇守吗？他是由大地和空气之神恩利尔专门派到这里来的。谁敢擅闯他的领地，就等于自寻死路！"

"不就是一只怪兽吗？我们齐心协力将他制伏，将雪松林归于乌鲁克，我们就可以砍伐雪松，修建神庙了。"

"别开玩笑了，吉尔伽美什，打败洪巴巴？怎么可能呢？难道你没听说过，洪巴巴在诸神中名列第二，除了排在第一位的风暴之神阿达德，谁还能征服洪巴巴呢？"恩奇都接着说道，"我的朋友，再也不要提这个可怕的怪兽了，光听这个名字就够我害怕的了，拳头无力，腿脚颤抖。我们可以去做其他更有意义的事情，别再想着去雪松林了！"

吉尔伽美什听了，没有被吓住，反而更激起了他的征服欲，他说道："这么说来，我更要去雪松林，打败洪巴巴！"

恩奇都还是想让吉尔伽美什打消这个可怕的念头，便劝道："我的朋友，听我的劝告吧！此行太凶险了。你想象不到洪巴巴到底有多强大，他不眠不休，时刻提防着有人侵袭，从不懈怠。你还没有靠近那片森林，洪巴巴就预知到了，再说，就是我们两个人加在一起也没办法征服这个可怕的怪兽，还可能因此而丧命！"

"恩奇都，我的朋友，不要把雪松林讲得这样恐怖，也不要将洪巴巴说得如此可怕。在这世界上，做什么事情都有不可预知的危险，还有不可预知的困难。那么，我们就因此连试也不试一下，就轻易放弃吗？人的生命是有限的，与其庸庸碌碌地活着，不如做一番轰轰烈烈的事情，如果我能征服洪巴巴，为民除害，即使因此丢掉性命，也能青史留名，乌鲁克人民会永远记得我，我的后世子孙也会以我为骄傲。这是多么有意义的事情，我们不应该马上去做吗？"

恩奇都听了吉尔伽美什这番话，没有回答，也没有表示赞同。

远征前夕

吉尔伽美什见他的朋友还是犹豫不决，便不再多说什么。他来到乌鲁克城的中央广场，登上高台，发表演说。人们不知发生了什么事，纷纷聚拢过来。

只听吉尔伽美什大声说道：

"乌鲁克的青年，我即将远征雪松林，征服镇守在那儿的怪兽洪巴巴，将那片美丽的森林献给伟大的乌鲁克人民。到那时，我们就可以砍伐雪松，修建尼普尔①神庙，可以修建天神安努和伊什塔尔女神的神庙。请为我祝福，请用欢呼声为我壮行！请相信，我一定会成功，平安归来！到时，我将在乌鲁克城举行最盛大的庆典，为诸神祈福，为人民祈福，为我的母亲——野牛宁孙祈福！"

---

① 尼普尔是苏美尔最古老的城邦之一，也是宗教与文明中心。尼普尔的主神是苏美尔的神祇恩利尔。

乌鲁克城的青年听了吉尔伽美什的演讲，激动不已，他们高声呼喊着乌鲁克王——吉尔伽美什的名字，为他送上虔诚的祝福。

这时，站在一旁的恩奇都心急如焚。他知道，自己没有办法阻挡吉尔伽美什的脚步了。他只能找到乌鲁克的长老会，将吉尔伽美什的决定告诉各位长老，请求他们去劝阻吉尔伽美什和乌鲁克的青年。这是一场危险之行，也是不必要的行动。

"洪巴巴凶猛异常，他的吼叫可以引发山洪暴发，他一张口就能喷出熊熊烈火，将整座山林都烧光，他在一百六十英里之外就能听到人的脚步声。谁要是敢侵占他的地盘，会被撕得粉碎，连骨头都不留。"恩奇都说道。

这些话，让长老们听得心惊胆战，他们决定无论如何也要阻止吉尔伽美什的决定。于是，当吉尔伽美什前来向各位长老辞行时，他们便将恩奇都描述的可怕情形讲给他听。

吉尔伽美什决心已定，决不退缩。他说道：

"你们不要着急，请听我说！身为乌鲁克的王，我应有尽有，没有得不到的。可是，这种富贵荣华不是我想要的，我希望能为乌鲁克的人民做些什么，成为乌鲁克青年的榜样，成为他们真正的领导者与守护者。人的一生，时间是有限的，与其庸庸碌碌，为什么不去做些有意义的事情？"

长老们被吉尔伽美什说服了，他们为有这样勇敢、强大的国王而骄傲，便不再阻拦吉尔伽美什的决定。长老们虔诚地跪下，祈求众神保佑他们的乌鲁克国王一切平安，最终凯旋！

离开长老会，在回王宫的路上，吉尔伽美什对恩奇都说："我的朋友，不用担心，到雪松林的时候，我会走在你前面，绝不让洪巴巴伤害你！你只要为我呐喊助威就可以了。我的朋友，知道吗，我只想得到你的支持啊！"

恩奇都被感动了，内心重新燃起如烈火般的无限勇气，他说："我的朋友，我会与你并肩战斗，一起制伏怪兽洪巴巴。你知道的，我降生在森林里，对那儿比你更熟悉，让我为你保驾护航吧！"

吉尔伽美什听了，高兴极了，与兄弟携手作战，还有比这更让人激动的吗？

"恩奇都，你在森林中长大，与兽群为伍，了解兽群的习性，能识破猎人的诡计。你是一个天生的战士，有你做伴，我充满了必胜的信心。"吉尔伽美什说道，"走吧，我的朋友，在前往雪松林之前，我们需要打造一批世界上最锐利的武器。"

负责打造兵器的工匠们接到国王的命令之后，一刻也不敢耽搁，马上开工，众人一起研究打造怎样的武器，才配得上伟大的乌鲁克王。最后，他们决定为两位勇士打造两条奢华的腰带，以及两把分别重达七塔兰同①的战斧、两柄分别重达三塔兰同的长剑。他们的贴身匕首用黄金珠宝加以装饰，炫光夺目，而又锋利无比。

一切准备就绪，只等出征雪松林。

---

① 塔兰同，含义为"天平"，是古代中东和希腊、罗马地区使用的质量单位，1 希腊塔兰同大约等于现在的 26 千克。有时也作货币单位使用，相当于同重的黄金或白银。

女神的祈祷

　　这个消息传到女神宁孙的宫中，作为一位母亲，她既为有这样一个勇敢的儿子而骄傲，又为儿子的安危担忧。

　　宁孙连续沐浴七次，以柔嫩红润的怪柳和芳香洁白的肥皂草清洁全身，换上最美丽的衣裳，佩上最华贵的头饰，戴上神圣的角帽，然后，她走出宫殿，面对圣洁高远的天地，点燃高香，昂起头，举起双臂，向太阳神沙马什祈祷，为吉尔伽美什祝福。

　　"伟大的太阳神，我的儿子吉尔伽美什即将远征雪松林，征服怪兽洪巴巴，这一路上，必然有许多难以想象的艰辛险阻，身为母亲，我不能守护在他身边，祈求伟大的太阳神沙马什护佑他白日的平安，祈求您的妻子——伟大的阿亚女神守护他夜晚的安宁。

　　"伟大的太阳神，在我的儿子吉尔伽美什归来之前，请求您让白天的时间长一些，黑夜的时间短一些。让光明指引他眼前的道路，让黑暗守望他安心的睡眠，让他内心的烈火燃烧不熄，直到雪松林的边缘！

　　"伟大的太阳神，在我的儿子吉尔伽美什和勇士恩奇都到达雪松林，大战怪兽洪巴巴的时候，请赐予大地一场大风暴，遮住天地与烈日，好让吉尔伽美什和恩奇都困住洪巴巴，叫他无路可逃！

　　"伟大的太阳神，如果您看到这场大战，请不要参与，只需静观其变就好。无论哪一方赢得最后的胜利，您都可以与诸神分享战果。而对战败的那一方，您也无须太难过，那是天意注定，不可改变，请您的妻子——伟大的阿亚女神为您擦去怜悯的泪水。"

　　最后，女神宁孙向太阳神沙马什祈祷道："伟大的太阳神，请您了解吉尔伽美什的内心，他此行绝不是挑衅诸神，也绝不是觊觎阿卜苏①的埃阿的智慧，他不想夺取月神的权杖，无意冒犯天神的威严，也不想和伊尔尼那争夺黑头人②的统治权。因此，请仁慈的太阳神保佑我的儿子吉尔伽美什，赐予他无限的仁爱，请不要让他把命丢在寒冷的雪松林！"

　　祈祷完毕，女神宁孙回到宫殿。

---

① 阿卜苏，也称阿勃祖，位于地下深处，众神也无法看到那里。
② 黑头人，即苏美尔人，最早定居两河流域的民族。

告别乌鲁克

　　即将出发远征，吉尔伽美什必须向母亲当面辞行，聆听她的叮嘱。因为女神宁孙通晓万物，聪慧睿智，一定会为他们此行给出真心的忠告。

　　吉尔伽美什带着恩奇都来到女神宁孙的宫殿，走到母亲的面前，说道：

　　"母亲，我马上就要远征雪松林，前来向您告别。您的儿子已长大成人，必须要为乌鲁克人民做些什么。请相信我，我已做好准备，不管面对怎样的对手，不管遇到怎样的困难，都不可熄灭我心中的熊熊烈火，不胜不归。这是我第一次出征，所有的一切都是陌生的，但也充满了挑战，儿子期待与洪巴巴的较量。请求母亲为我祝福，只有得到您的祝福，我和我的伙伴才能安心启程，希望早日归来与母亲团聚，等着我胜利的消息吧！"

"我的孩子，"女神宁孙听完儿子的话，说道，"吉尔伽美什，我尊重你的决定，不管你走到哪里，不管你何日归来，我每天都会为你祈祷，祈祷太阳神护佑你们，一路平安。"

然后，女神宁孙走到恩奇都的面前，将一串项链挂在他的脖颈上，说道："孩子，做我的义子吧，与吉尔伽美什成为真正的兄弟，你们并肩作战，一起做一番伟大的事业！我会在乌鲁克城等待你们平安归来！"

终于要出发了，就要告别乌鲁克了。女神宁孙、各位长老、城中的青年男子一起来到城门口，为吉尔伽美什和恩奇都送行，为他们送上祝福。

"乌鲁克王——吉尔伽美什，请您早日平安归来，我们等着您！"

"恩奇都，请保护好你的朋友——我们的吉尔伽美什！"

"你们要量力而行，不要太过逞强！"

"一路平安，早日凯旋！"

"各位长老，"最后，吉尔伽美什对长老们说道，"乌鲁克城就交给你们了，请保护好城中居民，维持好城中秩序。等着我们打败洪巴巴，胜利归来吧！"

长老们恭顺地答应了。他们看着远去的吉尔伽美什，久久不肯离去。

征途中的梦

从乌鲁克城到雪松林，路途遥远，虽然吉尔伽美什和恩奇都不是普通人，走得极快，一天就可以走一百五十英里，但依然要走一个月零五天。

一路上，每走六十英里，他们就吃面包、喝泉水补充能量，每走九十英里，他们就停下来休息。

第一天，吉尔伽美什和恩奇都走到了黄昏，决定扎营休息。他们就地挖出一口井，取清甜的井水解渴，然后又将水袋装满。扎好了帐篷，吉尔伽美什走到山顶最高处，用圣洁的面粉向神山祈祷："神圣的大山，请赐予我一个吉祥的梦！"

夜里，吉尔伽美什进入帐篷休息，恩奇都在门外守护。很快，吉尔伽美什就沉沉地入睡了。午夜时分，门外的恩奇都忽然听到吉尔伽美什喊他：

"恩奇都，你在叫我吗？"

"没有啊，怎么了，吉尔伽美什？"

"为什么我听到有人喊我的名字，为什么我会忽然醒来了呢？"

"恩奇都，刚才是你把我推醒的吗？"

"没有啊，怎么了，吉尔伽美什？"

"为什么我感觉脑袋有些不舒服呢？"

"恩奇都，刚才有神路过吗？为什么我感觉身体有些僵硬呢？"

"没有啊，怎么了，吉尔伽美什？"

"恩奇都，"吉尔伽美什说道，"我做了一个梦，非常奇怪，令人费解。我讲给你听听，在梦里，我走到一处山谷，忽然，对面的山峰向我们倾倒下来，山上的大石块纷纷坠落，不断地砸向我们。我们急忙躲避，可就是躲不开，那些石块像长了翅膀一样追着我。"

降生在森林里的恩奇都，听了吉尔伽美什讲述的梦境，一边安抚他的朋友，一边解释道："我的朋友，吉尔伽美什，别担心。这是一个好梦，是吉兆，说明我们这次对战洪巴巴一定可以大胜而归。你梦见的山峰，就是洪巴巴，山峰崩塌，恰好说明洪巴巴会被我们俘获，他的尸体将会倒在自己的领地上。等着吧，我的朋友，太阳神沙马什会保佑我们的！"

听了恩奇都的话，吉尔伽美什重新安心入眠。

第二天，吉尔伽美什和恩奇都继续向雪松林进发。像前一天一样，每走六十英里，他们就吃面包、喝泉水补充能量，每走九十英里，他们就停下来休息。这一天，他们又走了一百五十英里。

　　黄昏时分，两个人决定扎营休息。他们就地挖出一口井，取清甜的井水解渴，然后又将水袋装满。扎好了帐篷，吉尔伽美什走到山顶最高处，用圣洁的面粉向神山祈祷："神圣的大山，请赐予我一个吉祥的梦！"

　　夜里，吉尔伽美什进入帐篷休息，恩奇都在门外守护。躺下没多久，吉尔伽美什感到一阵深深的睡意袭来，很快他就睡着了。午夜时分，吉尔伽美什忽然醒来，对门外的恩奇都说道：

　　"恩奇都，你在叫我吗？"

　　"没有啊，怎么了，吉尔伽美什？"

　　"为什么我听到有人喊我的名字，为什么我会忽然醒来了呢？"

　　"恩奇都，刚才是你把我推醒的吗？"

　　"没有啊，怎么了，吉尔伽美什？"

　　"为什么我感觉脑袋有些不舒服呢？"

　　"恩奇都，刚才有神路过吗？为什么我感觉身体有些僵硬呢？"

　　"没有啊，怎么了，吉尔伽美什？"

"恩奇都，"吉尔伽美什说道，"我做了一个梦，非常奇怪，令人费解。我讲给你听听，在梦里，我听见天上传来悲怆的哭泣声，大地深处传来巨大的轰隆声。忽然，光明消失了，无尽的黑暗笼罩了天地。遥远的天地连接处，电光闪闪，雷鸣阵阵，一条条火焰像巨蛇一样喷涌着，浓烟铺天盖地，仿佛世界末日来临。过了一会儿，火焰逐渐熄灭，直到消失得无影无踪，只留下一地的灰烬。我的朋友，你降生在森林，请告诉我，这个梦又是什么预兆？"

"我的朋友，吉尔伽美什，别担心。"恩奇都一边安抚他的朋友，一边解释道："这是一个好梦，是吉兆，说明洪巴巴会被我们打败，他的尸体会倒在自己的领地上。等着吧，我的朋友，太阳神沙马什会保佑我们的！"

接下来的几天，吉尔伽美什和恩奇都继续向雪松林进发。像之前一样，每走六十英里，他们就吃面包、喝泉水补充能量，每走九十英里，他们就停下来休息。每天夜里，吉尔伽美什都会做一个奇怪而惊险的梦，梦中的情景让他不安。每次他从梦中醒来，都请他的朋友——恩奇都帮他解释自己梦到的一切，到底预示着什么。每次听完吉尔伽美什的讲述，恩奇都都会安抚他，并将梦中的预兆告诉他。

就这样，两个人不停地赶路，距离雪松林越来越近。

天上的太阳神沙马什一直关注着赶往雪松林的吉尔伽美什和恩奇都，发现他们内心有些恐惧，有些动摇，便向二人发出警示：

"停下来，别再继续向前走了。你们不能去雪松林！不要去招惹怪兽洪巴巴！吉尔伽美什，不要披上盔甲！如果你披戴盔甲去与洪巴巴作战，你的七件盔甲会被解落六件，最后只剩一件。雪松林的守护者洪巴巴像一头凶猛的野牛，牛角锋利，可以轻易刺穿大树；他的吼叫声可以摇山动地，气势万钧，如风暴之神！"

"什么声音？"吉尔伽美什疑惑地问道，"恩奇都，你听到什么声音了吗？谁在说话？难道是神经过我们身边吗？"

"我的朋友，"恩奇都回答道，"是太阳神沙马什发出的警示，他告诉我们此行危险。你看，我双臂麻木，两腿僵硬，快无法动弹了！"

"为什么变得这样胆怯？"吉尔伽美什说道，"恩奇都，我的朋友，不要退缩！我们长途跋涉，翻山越岭，历经千辛万苦来到这里，不是为了无功而返，而是为了与洪巴巴决一死战！别忘记我们的初衷。恩奇都，我的兄弟，你降生在森林，拥有强大的力量，你的呐喊声可以穿透铜鼓！你怎么能说双臂麻木，两腿僵硬？坚持住，抓住我的胳膊，让我们齐心协力，一起去找洪巴巴。只要有信心，就已经先占了上风！"

听了吉尔伽美什的话，恩奇都重新振作起来。"我的朋友，"他说，"走吧！让我走在前面，不管发生什么事，我都是你坚强的守护者。我一定协助你，打败洪巴巴，让乌鲁克城记住我们的名字！"

吉尔伽美什和恩奇都坚定信心，重新上路。不久，雪松林已在眼前。

打败洪巴巴

真是太美了！

站在雪松林边上，吉尔伽美什和恩奇都惊叹不已。只见眼前的这片雪松林，高大挺拔，翠绿如滴，繁茂如盖，微风吹来，一棵棵雪松如绿色的小塔，悠然摆动，沙沙作响，像有生命一样，像有呼吸一样，让你不敢靠近，更不敢侵犯。高耸入云的成年雪松，与娇嫩翠绿的雪松幼苗，还有树下密实的灌木丛相互依偎，形成天然的屏障，紧紧护卫着这片森林王国。从外面看，整个雪松林就好像是一个巨大的绿色华盖，庄严盛大。这让吉尔伽美什和恩奇都想起诸神的床榻和女神的宝座。

高大的雪松树干上，六十腕尺处的地方，有树脂结痂，浓浓的树脂缓慢地向下坠落，一阵阵如细雨一般。"吱"，一只不知藏身何处的竹蛉轻叫一声，引来了斑鸠的"咕咕"声，接着鹳、鹧鸪也都跟着鸣叫起来。随之，所

47

有的鸟类全都叫起来，此起彼落，像在相互回应，又像在演奏一首森林乐曲。然后，在林间跳来跳去的猴子们也受到感染，拍着手，欢快地欢叫着，似乎在为这首森林乐曲助兴。

吉尔伽美什和恩奇都一边不停赞叹，一边仔细寻找雪松林的入口。虽然洪巴巴小心谨慎，但他经常出入雪松林，总会留下些印迹，比如，折断的树枝、踩倒的灌木等。

吉尔伽美什抬头四处张望，目测着雪松的高度，大约有七十二腕尺高。据说洪巴巴一口气就能吹倒一大片这样的雪松，真是不容小觑！

功夫不负有心人，吉尔伽美什和恩奇都终于发现了洪巴巴的足迹，这一定就是进入雪松林的路了。他们右手紧握战斧，左手紧握匕首，沿着时有时无的踪迹，小心翼翼地向雪松林深处走去。

走在前面的恩奇都，此时不禁再次心生胆怯，他的双腿发软，双手不停地颤抖，连战斧和匕首都快握不住了。

"怎么了，恩奇都？"吉尔伽美什问道，"马上就要与洪巴巴面对面交锋了，千万不要胆怯！就算洪巴巴是恩利尔派来的使者，我们也不必害怕！"

"能不害怕吗？"恩奇都说话的声音都有些颤抖了，

"要知道，洪巴巴在诸神中名列第二啊！我们能打赢他吗？"

"恩奇都，"吉尔伽美什说，"我的朋友，别忘了，你不是一个人，还有我！我们齐心协力，联手作战，一定可以打败洪巴巴！"

就在敌人逐渐逼近的时候，洪巴巴毫不知情，还在悠然自得地享受凉爽的林风。

吉尔伽美什话音刚落，只见不远处一个巨大的身影挡住了他们的去路。没错，这正是雪松林的守护者——怪兽洪巴巴。

看到眼前这两位不速之客，洪巴巴倒是一点儿也不紧张，他傲慢地看了他们一眼，说道：

"吉尔伽美什，你这个傻瓜，为什么要来这里送死？恩奇都，你这个降生在森林里的家伙，我曾经对你也算是照顾，为什么恩将仇报，将吉尔伽美什带到这里？你们就不怕我会把你们两个撕个粉碎吗？"

洪巴巴的话让吉尔伽美什心生恐惧，不禁有了退缩之意，他对恩奇都说："怎么办？我的朋友，洪巴巴凶猛异常，从未遇到过敌手，现在我听到他的声音都觉得好像有一阵寒气袭来，让我无法冷静！"

"我的朋友，"恩奇都说道，"伟大的吉尔伽美什，你是乌鲁克的王，怎能表现得如此怯懦？难道你忘记了曾经对我说的话吗？你不是一个人，还有我！我会站在你的前面，护佑你的平安！我的朋友，请坚定信念，与我共同对战洪巴巴！"

"哼！"

两个朋友的对话一字不落地都被洪巴巴听到了，向来傲慢的他，从未遇到敌手的他，听到有人说要打败自己，可气坏了。他怒吼道："你们太嚣张了！还想打败我？做梦吧！"说着，洪巴巴猛然向吉尔伽美什和恩奇都袭来，二人迅速闪开。随着"咚、咚"两声巨响，洪巴巴向他们逼近，只见林木摇晃，大地震裂，山峰倒塌。

吉尔伽美什和恩奇都同时冲上前去，迎战洪巴巴。刹那间，洁白的云彩化成黑色的幕布遮住了天空，大地上一片漆黑，如同死亡降临。

这场战斗打得难分难解，太阳神沙马什在天上观察着战斗的形势，他要发起一场大风暴，以助吉尔伽美什和恩奇都一臂之力。只见天昏地暗，飞沙走石。东风、西风、南风、北风、台风、暴风、疾风、逆风、暴风雨、地狱之风、冰风、飓风、龙卷风，这十三种狂风直向洪巴巴袭来，他睁不开眼睛，伸不直双臂，也迈不开腿，根本没办法脱身。

就在此时，吉尔伽美什迅速冲上去，抓住他的双手，缚在身后，让他再也挣脱不开。

刚才那个不可一世的洪巴巴不见了，眼前只有一个连连求饶的败军之将。

"吉尔伽美什啊，求求你，别杀我!"洪巴巴乞求道，"您是乌鲁克的王，是卢伽尔班达的继承人，是女神宁孙的爱子，您身份尊贵，拥有一切!我愿效忠于您，终生侍奉于您!我心甘情愿为您守护这片雪松林，这里所有的树木，您可以任意砍伐，要知道，这些雪松是修建神庙和宫殿的最好木料啊!"

"你这个狡猾的家伙，竟敢迷惑乌鲁克王!"恩奇都厉声呵斥，打断了洪巴巴的话，然后，对吉尔伽美什说，"我的朋友，别被这个狡猾的家伙迷惑了!他谎话连篇，不值得信赖!"

洪巴巴听了，眼珠一转，急忙又转向恩奇都，恳求道:"恩奇都，我们算是老朋友吧，你住在森林里的时候，我没有抓过你，没有把你吊在树上，也没有割你的肉去喂鸟，不算有恩，也没过错吧?现在请你劝劝吉尔伽美什，留下我守护这片雪松林。饶我一命，对你们也没有什么损失啊!"

洪巴巴这套说辞并没有打动恩奇都，他对吉尔伽美什说:"我的朋友，别听他的花言巧语，做事要果断，留下他将后患无穷。很快，恩利尔就会知道这件事，其他诸神也会前来干涉，那我们就什么也做不了了，请尽快做决定，永远消除这一大祸患！"

听了恩奇都的话，洪巴巴更着急了，他再次恳求道："恩奇都啊，快劝劝吉尔伽美什，留下我吧！你是恩利尔的侍者，你是吉尔伽美什的兄弟和朋友，他一定会听从你的建议。"

对洪巴巴的求饶之语，恩奇都不加理睬，再次对吉尔伽美什说："我的朋友，别被洪巴巴的谎话给骗了，他从来就不会信守承诺。趁现在太阳神护佑着我们，别犹豫了，拿出你的勇气，杀了这个可恶的怪兽！吉尔伽美什，别忘记我们来这里的初衷！"

眼看着恩奇都无动于衷，自己再无生的可能，愤怒的洪巴巴向上天发出诅咒，说道："我诅咒你们，吉尔伽美什和恩奇都不会相伴到老，恩奇都死无葬身之地！"

"哎呀，吉尔伽美什，"恩奇都着急地说道，"我的朋友，你怎么不早点儿动手，你看，洪巴巴发出了诅咒，如何是好？"

吉尔伽美什不再迟疑，他手持战斧，一下子就砍下了洪巴巴的头，然后又用长剑在他身上刺了几下，直到确定洪巴巴再无生还的可能才住手。就这样，可恶的怪兽洪巴巴结束了他的一生，同时也成就了吉尔伽美什和恩奇都两位英雄的盛名！

吉尔伽美什和恩奇都对太阳神沙马什的护佑表示了感谢，又将洪巴巴锋利的牙齿拔下来，作为战利品带回乌鲁克。然后，他们埋葬了洪巴巴，这才转身离开。

两位年轻的英雄，没忘记此行的目的，他们寻找着最笔直、最优质的雪松，砍伐下来，带回乌鲁克城。

"我的朋友，"恩奇都一边砍伐木材，一边对吉尔伽美什说，"这些砍倒的雪松，我们就放进幼发拉底河，让河水将它们带到乌鲁克。我要选一棵最好的雪松，用它打造一扇大门，高六杆①，宽两杆，厚一腕尺，那将是最漂亮最结实的大门！"

木材砍伐完毕，吉尔伽美什和恩奇都将它们放进幼发拉底河，看着它们顺着河水迅速漂远。然后，他们在河边清洗一番，收拾好武器，便踏上返回乌鲁克城的道路。

---

① 一杆约5.5码，也就是5米左右。

第三部分

伊什塔尔、天牛与恩奇都

伊什塔尔的求婚

女神伊什塔尔早已在山顶上看到了正在赶路的吉尔伽美什和恩奇都，吉尔伽美什的英姿吸引了她的目光。她迎上去，请两位英雄前往神殿后的清泉，洗去一路的风尘。

来到清泉池边，吉尔伽美什清洗梳理一番，换上一身华美的衣裳，披上一件飘逸的斗篷，束上奢华的腰带，戴上炫目的王冠，一个年轻俊美的乌鲁克国王出现在众人面前。经过这一次征战，吉尔伽美什退去了稚嫩，多了几分英雄气概，这怎能不令女神伊什塔尔为之倾倒？

伊什塔尔是天神安努的女儿，备受宠爱，拥有天下的一切，想要什么就有什么，没有人敢拒绝她。因此，养成了她骄纵的性格。她以为，吉尔伽美什也像其他人一样，只要她想要，就一定能得到。

伊什塔尔设下盛大的宴会，款待胜利归来的吉尔伽美什和恩奇都。她一边为二人斟酒，一边贪婪地欣赏着吉尔伽美什的俊美脸庞。女神喝下几杯麦芽酒，略有薄醉，她开始向吉尔伽美什求婚了，只听她说道：

吉尔伽美什，请你做我的新郎吧！
你用洪巴巴的长牙作为聘礼，
我用珍贵稀有的水果作为回赠。

我将送你一辆最豪华的战车，
车身用青金石和黄金做成，
轮子由金子打造，号角由琥珀做成，
驾车的是凶猛的雄狮和强健的骡子，
它们会将我们送到散发着雪松芳香的新房。

你走进新房，
所有的王官贵族都将听命于你，
匍匐在你的脚下，亲吻你的双脚。

土地上的收成，牧场中的牛羊，
都归你所有，由你支配，
你将享有无上的权力与荣耀。

吉尔伽美什，

让我做你的新娘吧！

我会让你的山羊一胎生三只崽，

绵羊一胎生两只羔。

还会让你的驴子比骡子还能干，

让你的骏马跑得像闪电一般迅疾，

让你的公牛长得又高大又健壮。

听了伊什塔尔的话，吉尔伽美什回答道：

我的女神，伊什塔尔，

如果我答应你的求婚，

我拿什么回报你呢？

即使最华美的衣服，

也无法与你的美貌匹配；

即使最丰盛的食物，

也无法与你的身份匹配。

伊什塔尔，我的女神，

如果我做你的丈夫，

你会如何对待我呢？

可以喂我吃面包吗？

可以斟麦芽酒给我喝吗？

像侍奉神或王一样，
你可做得到？

女神伊什塔尔，
哪个英雄男子会娶你？
你就像一扇挡不住风雨的门，
你就像一座杀戮兵士的宫殿，
你就像黑色的沥青，弄脏搬运者的衣服，
你就像漏水的水囊，淋湿旅行者的身体，
你就像摇摇欲坠的城砖，
你就像争强斗狠的公羊，
你就像挤疼脚指头的鞋子。

请问，
哪个男子会娶这样一位新娘？
哪个男子敢走进这样的婚礼殿堂？
你说你喜欢我，
可是，你对自己喜欢的人都做了些什么？

塔姆兹，这个名字，
你还记得吗？
那是你曾经的丈夫，
你说你喜爱他，

可他终日以泪洗面，不见欢颜。

那只长着斑点的鸟儿，
你说你喜爱它，
却没有一天不打它，
还将它的翅膀折断。
如今，可怜的鸟儿
边哭泣边哀号着："我的翅膀！我的翅膀！"

那只强壮的狮子，
你说你喜爱它，
却故意折磨它，
设置了无数个陷阱，
它坠落受伤，你才欢喜！

那匹能征善战的马，
你说你喜爱它，
却不停地鞭打它、剑刺它，
骑着它飞奔二十多英里，只让它喝泥水。
给它的母亲西西莉留下了无穷的悲伤。

那个殷勤的放牧人，
每天为你搭帐篷，烤羊肉，

每天为你献上幼崽做牺牲，

你却常常抽打他，

将他变成一匹野狼，

被自己的猎犬咬得遍体鳞伤

被自己的牧童无情追打驱赶。

伊施拉努，一个勤劳的园丁，

每天带给你一筐番枣，

把家具擦得一尘不染，

你却永不知足，

只要他有一句话不顺你的意，

就将他变成一个侏儒，

行动不便，

还要整日做苦工。

现在，我的女神，伊什塔尔，你说你爱我，要做我的新娘，那么，是不是也会像对待他们一样对待我？

听到吉尔伽美什历数她种种不堪的过往，伊什塔尔早就变了脸色，气得说不出话来，她转身离开，回天上去了。而吉尔伽美什和恩奇都也重新踏上了回乌鲁克城的路。

伊什塔尔的报复

身为无上尊贵的女神，天神安努最疼爱的女儿，伊什塔尔从来没有受到过这样的羞辱，也从来没有被男人这样无情拒绝过。她怒气冲冲地回到天上，跑到父亲安努和母亲安图姆面前，哭诉了自己的遭遇。

"我敬爱的父亲啊，女儿从小受您宠爱、呵护，没有受过半点儿委屈，天上、地下没有人敢违背我的意愿，可是，这个吉尔伽美什竟然如此羞辱我，历数我过往的种种过错，在众人面前揭我的短，让我丢尽了颜面！父亲，您要为我主持公道啊！"

"伊什塔尔，我的孩子，"安努拉过女儿的手，问道，"吉尔伽美什为何如此对待你呢？难道是你做了什么过分的举动，他才这样历数你过去的种种错事，让你在众人面前丢了颜面？"

伊什塔尔怒气未消，气呼呼地说："我不过是爱他，想做他的新娘！难道爱一个人也有错吗？他竟敢因此羞辱我！"

天神安努知道女儿一向骄纵，便好言相劝："我的孩子，爱一个人没错，但爱情不能勉强啊。吉尔伽美什既然不愿意，你就放手吧！"

伊什塔尔见父神不愿为自己出头，更加生气了，她大声嚷嚷着，不能就这么算了，必须让吉尔伽美什付出代价，让他知道违背女神的意愿是什么下场。

"父亲，既然您不愿替女儿做主，那就让我自己解决吧！"

"你打算如何解决呢？"天神安努问道。

"请您将天牛赐给我吧。"

安努有些疑惑，问道："你要这天牛干什么？要知道，一旦放出天牛，它将危害人间，祸患无穷啊！"

"哼！"伊什塔尔咬牙切齿地说，"我要让这头拥有神力的天牛，去跟吉尔伽美什决斗，把他狠狠踩在脚下，永远也站不起来！"

"不可以！不可以！"天神安努大声说道，"伊什塔尔，你不可以这样做！吉尔伽美什是由众神创造的，拥有你无法想象的智慧与力量，天牛未必能赢得了他！反而，天牛下界将会给乌鲁克城带去七年天灾和饥荒！到了那个时候，吉尔伽美什身为乌鲁克王必然要受到惩罚，连你也脱不了干系，还有你管辖之下的属地生灵，全都逃脱不了！"

伊什塔尔听到这里，依然不肯罢休，说道："父亲，如果您不让我带天牛下界，那我就去打开冥界的大门，放出冥界的魔鬼，它们会危害人间，做出十倍于天牛的恶事！"

天神安努很清楚，自己的女儿说得出就做得到，假如真打开冥界的大门，必将天下大乱，无法收拾。于是，他对伊什塔尔说："我的孩子，如果你非要这样做不可，那就让乌鲁克牧民准备好七年的草料，让乌鲁克农民准备好七年的粮食。"

伊什塔尔这才有了笑颜，对父亲安努说："父亲，请您放心，我已做好万全准备，不会让我属地的子民挨饿受苦的。我已为乌鲁克牧民准备好七年的草料，为乌鲁克农民准备好七年的粮食。"可是，伊什塔尔却暗暗地说道："吉尔伽美什，等着瞧，我要让你知道违背我的意愿要付出怎样的代价，我要让你知道天牛之怒的厉害！"

伊什塔尔从父亲安努手里接过天牛的鼻绳，高兴极了，她一刻也等不了了，马上就带着天牛赶往乌鲁克城。

制伏天牛

　　吉尔伽美什和恩奇都终于回到了乌鲁克城，全城轰动，居民在长老们的带领下，来到城门口迎接两位英雄胜利归来。

　　众人看到身披华服，头戴王冠的吉尔伽美什——他们的乌鲁克王，比出征之前更加英俊、挺拔，兴奋不已。吉尔伽美什和恩奇都拿出洪巴巴的长牙给大家看。此时，乌鲁克城的人民终于确信，他们的国王，年轻勇敢的吉尔伽美什真的战胜了不可一世的洪巴巴。大家忍不住冲上来，将两位英雄抬起来，高高抛起，欢呼着，高喊着他们的名字，像过节一样热闹！

　　就在乌鲁克人狂欢的时候，女神伊什塔尔骑着天牛出现在半空。她跳下来，拍了拍天牛的头，指着人群中的吉尔伽美什说道："看到了吗？那头漂亮而又强壮的野牛就是你的美餐，去吧！"

天牛听了，便挣脱缰绳，向乌鲁克城方向俯冲下来。这头天牛早就饿得前胸贴后背了，恨不得见到什么就吞噬掉什么。它一张口，就吞掉了整片牧场和大片的棕榈树，它低头喝一次水，河流的水位就下降七腕尺，很快，山峰和牧场秃了，河流和田地干涸了。乌鲁克城外变成了荒芜之地。

可是，这还没完，天牛向乌鲁克城发起了神威，它打了一个喷嚏，地动山摇，房倒屋塌，地面上裂开一条巨大的缝，又黑又深看不到底，瞬间，一百个乌鲁克男子掉进了裂缝；天牛又打了一个喷嚏，又有两百个乌鲁克男子掉进了裂缝。还没等人们搞清楚怎么回事，天牛又打了第三个喷嚏，这次，恩奇都也跟着掉了进去，幸亏他身手敏捷，一只手抓住裂缝的边缘，双脚用力一蹬，纵身跳了上米。

天牛一看，竟然有人能从深渊里逃出来，气急了，冲着恩奇都便冲了过来，"噗"一个鼻息，喷得恩奇都满脸都是水。恩奇都急忙闪开，飞身骑到了天牛的背上，抓住两只巨大的犄角，使劲儿向后掰，想将天牛的两只犄角掰下来，可他用尽力气也没能掰动。

天牛感觉到了恩奇都的意图，疯狂地摇晃着脑袋，很快便把恩奇都摔了下来。恩奇都灵巧地躲避着天牛的犄角，免得被撞伤，同时观察天牛，看它到底还有什么本事。他一边与天牛周旋，一边大声对吉尔伽美什说：

"我的朋友，吉尔伽美什，我们扬名立万的时候到了，我们必须保护好乌鲁克城的人们，这是我们的使命！"

吉尔伽美什喊道："恩奇都，我要怎么帮你？"

恩奇都冲吉尔伽美什使了个眼色，然后一把抓住天牛的尾巴，一脚踩住天牛的蹄子，大声喊道："吉尔伽美什，快，用你的长剑刺进天牛的鼻子！"

"好！"

吉尔伽美什答应一声，"好"字未落，便迅速将长剑刺进了天牛的鼻子，这是天牛最致命的要害之处。

"扑通！"随着一声巨响，天牛重重地倒在了地上。

就这样，吉尔伽美什和恩奇都两个人齐心协力杀死了祸害人间的天牛，让乌鲁克城免去了灭顶之灾，人们重新获得了和平与安宁。

众人逐渐聚拢过来，帮着吉尔伽美什和恩奇都一起宰杀了天牛，把它的心贡献到太阳神沙马什的庙宇前，感谢他的护佑。

当人们欢庆胜利的时候，伊什塔尔现身乌鲁克的城头，看着被杀死的天牛，她气急败坏，愤怒地诅咒道："吉尔伽美什，你不仅羞辱我，竟然还杀死了天牛！这可是天神安努的天牛，你对天神如此不敬，我跟你没完！"

听了伊什塔尔的话，恩奇都抽出长剑，砍下天牛的后腿，使劲儿向城墙上的女神扔过去。伊什塔尔冷不防有只牛腿飞过来，吓了一跳，幸亏她躲得快，否则非打在她脸上不可。

"嘿！"恩奇都对气得满脸通红的伊什塔尔说道，"伊什塔尔，赶快离开，乌鲁克人不欢迎你！如果你再来纠缠，被我抓住，我会让你跟那头天牛一个下场！我会把牛肠扯出来绑住你的手脚，吊在城墙上，到时候看你还有什么脸见自己属地的臣民！"

伊什塔尔一句话也说不出来，她知道再纠缠下去，绝没有好果子吃，天神安努也不会再庇护自己。于是，伊什塔尔带着那条天牛的后腿回她的宫殿去了。然后，她将天牛的后腿安置在埃安那神庙①，并召集女祭司为之哀悼。

虽然伊什塔尔再也不敢去乌鲁克找麻烦了，但她对吉尔伽美什爱恨交加，始终有些不甘心，这口气怎么也咽不下，于是她便向众神请求惩罚吉尔伽美什和恩奇都中的一人。

在伊什塔尔向众神告状的时候，我们的吉尔伽美什已

---

① 埃安那是乌鲁克女神伊南娜的神庙。

经开始召集乌鲁克城的能工巧匠，让他们看看这头天牛还有没有其他的用途。工匠们看到两只牛犄角，又厚又亮又结实，一只牛犄角就有三十米纳①，两只牛犄角能灌满六候尔②的灯油。于是，工匠们将两只牛犄角砍下来，打磨得晶莹闪亮，做成灯饰，挂在吉尔伽美什的宫殿里。然后，他们又提炼出好几罐天牛的油脂，献给了卢伽尔班达。

接下来，吉尔伽美什就要兑现他出征前许下的诺言——举行盛大的庆典。

乌鲁克城有个规矩，在接受众人的庆贺与祝福之前，英雄们需要先到幼发拉底河沐浴，因为在他们看来，只有幼发拉底河的河水才是最洁净的。于是，吉尔伽美什和恩奇都一起来到幼发拉底河清洗干净，然后又重新回到乌鲁克城。

一辆用鲜花装饰的马车等待着两位英雄，众人簇拥着他们登上马车，向中央广场驶去。一群群姑娘跳着欢快的舞蹈走在马车前面，几十位鼓乐手走在马车两侧，其他人都跟在马车后面。所有人都用真挚的微笑和敬佩的目光向两位英雄表达感谢之情。

---

① 三十米纳，约15公斤。
② 六候尔，约250公斤。

马车上的吉尔伽美什大声问道："谁是乌鲁克的英雄？谁是乌鲁克的表率？"

"吉尔伽美什是乌鲁克的英雄，吉尔伽美什是乌鲁克的表率！"

在这盛大的庆典上，人们尽情狂欢，给予两位英雄无限的赞美和掌声，直到黎明时分，大家才逐渐散去。吉尔伽美什和恩奇都回到了寝殿。他们太累了。连日的长途奔波和几场恶战，耗尽了两个人的体力，他们需要睡个好觉，彻底放松一下。

吉尔伽美什睡得很踏实，而恩奇都睡下之后，却做了一个可怕的梦。

众神的惩罚

恩奇都从梦中醒来，忧虑重重，想到梦中的情境，他既难过又失落。他来到吉尔伽美什的床边，等着他的朋友醒来。

吉尔伽美什睡得很好，醒来后看到恩奇都坐在床边，一副忧伤的神情，有些奇怪地问："嘿！我的朋友，什么事情让你不开心？我们打败了洪巴巴，杀死了天牛，惩罚了伊什塔尔，还有什么不能解决的事情吗？"

"我的朋友，"恩奇都回答道，"有些事情，不是做完了就算是结束的。"接着，他对吉尔伽美什讲述了刚刚做的那个可怕的梦：

众神聚在神殿讨论着吉尔伽美什和恩奇都杀死洪巴巴和天牛的事。

天神安努说："雪松林是神圣之林，天地靠它支撑，所以恩利尔才派洪巴巴去守护。如今，雪松林被砍伐，洪巴巴被杀死，天牛也死了。这些事必须有人负责，必须严惩破坏秩序者！"

大地和空气之神恩利尔说："这些事情是吉尔伽美什和恩奇都共同做的，他们都应该受到惩罚。"他顿了顿又说道，"不过，我们得好好商量一下，看由他们哪一个来接受惩罚？"

太阳神沙马什说："砍倒雪松的是恩奇都，而且杀死洪巴巴和天牛，都是在他的一再鼓励下吉尔伽美什才做的！所以，恩奇都应该受到惩罚！"

天神安努不同意，他说："如果这样说的话，恩奇都还是我命阿鲁鲁创造的呢，难道我也应该受到惩罚？还有，吉尔伽美什和恩奇都杀死洪巴巴，是在太阳神的帮助下完成的，是不是你也应该接受惩罚？"

"你——"太阳神沙马什一时语塞。

大地和空气之神恩利尔被他们吵得头疼，大声说道："好了！吉尔伽美什和恩奇都共同参与了这些事情，破坏了天地秩序，都应该受到惩罚。这样吧，让恩奇都受死的惩罚，吉尔伽美什受生的惩罚。"

太阳神沙马什和天神安努不好再争辩，只好听从恩利尔的安排。

听恩奇都讲述完梦中的一切，吉尔伽美什心惊不已，他忍住不让泪掉下来，用正常的语气安慰恩奇都：

"别担心，我的朋友，这个梦的确让人有点恐惧，但是我们兄弟在一起，什么也不怕。我会向诸神祈祷，向太阳神沙马什，向天神安努，向大地和空气之神恩利尔深深祈祷，祈求诸神保佑我们，保佑你永远留在我的身边！"

"吉尔伽美什，我的朋友，神的旨意是不可违背的！"

"恩奇都，我的朋友，不，我不会放弃。我要为你塑一尊纯金雕像，亲自送到埃安那神庙，祈求女神伊南娜保佑你康健。"

"吉尔伽美什，我的朋友，纯金雕像起不了什么作用，大地和空气之神恩利尔从来说一不二，他的神谕不可藐视，也不可更改！"

"恩奇都，我的朋友，不，我不会放弃。你降生在森林，拥有天降巨石一样的力量，拥有不可摧毁的强大心灵。我们亲如兄弟，不可分离！"

"吉尔伽美什，我的朋友，命运已经注定，你做什么都是徒劳。我只是担心，没有了我，你该多么伤心。"

吉尔伽美什伤心欲绝，他每天虔诚祈祷，却毫无用处。恩奇都一天比一天衰弱，一天比一天消瘦，慢慢地连起床的力气都没有了。

恩奇都之死

恩奇都不希望吉尔伽美什看到自己这副模样，便将房门锁住，不让任何人进来。他独自躺在床上，看着亲手打造的雪松木门，想起了很多往事。他对着门倾诉道：

"雪松木门啊，我把你从遥远的雪松林砍伐下来，顺着幼发拉底河把你带回来，把你打造成六杆高，两杆宽，一腕尺厚的大门，高大坚固，浑然天成，在乌鲁克城，没有比你更漂亮、更壮观的门了。门啊，我把你打造得如此完美，却没想到今天的结局。如果早知今日，我不如用战斧将你砍倒，做成木筏，让你顺着幼发拉底河漂向远方，给你一生自在！"

恩奇都从门又想到自己，开始的时候，他降生在森林里，与野兽为伍，天高地阔，无忧无虑，就像那棵被他做成木门的雪松一样快活自在。是谁，让他离开了森林？是

75

谁，让他走到了这里？

当阳光照到他的身上，一丝丝怨恨逐渐占领了他的心。恩奇都想到自己见到的第一个人——那个猎人。

"可恶的猎人！如果不是在水塘边遇见你，如果不是你让沙姆哈特引诱我，让我走出了森林，把我骗到乌鲁克城，我又怎么会落到今天的境地？我诅咒你，猎人，我诅咒你逃不出野兽的利爪！我诅咒你的陷阱里没有一只动物！我诅咒你的猎枪次次哑火，枪枪不准！我诅咒你在森林里迷失方向！我诅咒你永远一无所获，无以为生！我诅咒你永远没有志同道合的朋友！我诅咒你得不到神的庇护，无家可归！"

接着，恩奇都又想到了沙姆哈特，那个让他一度为之着迷、引诱他离开森林的女子，如果不是她，自己又怎会被兽群拒之千里之外？

"沙姆哈特，我憎恨你！因为你，羚羊远离我，麋鹿惧怕我，兽群里再无我的立足之地。你诱骗我来到这城墙里，失去了自由，又将失去性命。沙姆哈特，我诅咒你，我要让坠落的星星砸落在你的屋顶，让你无处容身，流浪在寒冷的街头，连醉汉和乞丐都不会看你一眼。我诅咒你不得善终，受尽无尽的折磨！

"沙姆哈特，我要让你得不到真爱，遇见的爱人都会离你而去！我要让污泥沾满你的华服！我要让恶犬永远追逐你，让你无法停歇！我要让寒风冷雨伴随你的休憩之所！我要让灌木丛刮破你的手臂！沙姆哈特，都是因为你，让我变成了另外一个人，让我有了心智，让我失去了力量，失去了本性！"

恩奇都一声声的诅咒，传到了太阳神沙马什的耳中。沙马什不禁有些心惊，恩奇都的内心竟有如此重的憎恨，必须加以引导才好。于是，太阳神沙马什从天上发出警示：

"恩奇都，你为什么要如此恶毒地诅咒沙姆哈特呢？难道你不记得她怎样善待你的吗？她喂你吃面包，给你喝麦芽酒，让你拥有人的心智，她还为你穿上舒适的衣服，带你来到乌鲁克，让你与吉尔伽美什相遇相识，成为知己和兄弟！如果不是沙姆哈特，你怎么会住在这尊贵而奢华的宫殿里，睡在这温暖软香的床上？如果不结识吉尔伽美什，你又怎么会享有如此高的荣誉？他让世间的公子亲吻你的双脚，让乌鲁克的子民对你无限爱戴。"

恩奇都听到太阳神沙马什的话，内心的憎恨慢慢退去，只是他知道自己即将离去，谁也无法留住他，死亡的脚步越来越近，他也越来越悲伤。

太阳神沙马什安慰他道："恩奇都，当你离开之后，

乌鲁克城的子民会为你流泪，为你哀悼，长久地记住你的
名字！你的朋友，你的兄弟，吉尔伽美什会为你悲伤不
止，在你离去之后，他将脱下战袍，披上狮皮，蓬头垢
面，终日哭泣，每天游荡在野外，发泄心中的悲痛！"

听了太阳神沙马什的劝导，恩奇都心中的怨恨彻底化
解了，也不再为死亡的到来而恐惧，甚至有些懊悔刚刚说
出那些恶毒的诅咒之语。他要重新祝福沙姆哈特：

"沙姆哈特，忘记我刚才的诅咒吧，我要给予你最衷
心的祝福。愿高贵的公子都对你情有独钟！愿你遇到的人
全都为你着迷，温柔待你！愿你收到黑曜石、青金石和金
子等各种礼物，装点你的华服！愿你拥有美满幸福的家
庭，相伴一生的爱人！愿有一天，祭司会引导你来到诸神
面前，所有神都会为你倾倒！希望你所有的愿望都能够
成真！"

从这天开始，恩奇都心智恍惚，头脑混乱，他常常以
为自己身在地狱，其实那是他幻想出来的场景。每当他清
醒过来，就把梦里所见到的一切讲给吉尔伽美什听：

"吉尔伽美什，我的朋友，我做了一个梦，看到死神
的身影。在梦里，我一个人站在无边无际、昏暗的旷野
上，不知该去哪里。这时，有一个长相恐怖的人走近我，
他的脸长得像安祖鸟，手长得像狮子的前爪，脚长得像老

鹰的利爪。他抓住了我，像抓住一棵芦苇那样。他的力量很大，让我无法挣脱。他使劲儿按着我，像野牛一般践踏我，折磨我。

"'救命啊，吉尔伽美什！'我大声呼喊，'我的朋友，快救救我！'可是你也没有办法救我。

"在他的不断毒打下，我的身体变了形，长出了翅膀，看起来像一只鸽子或者别的鸟类。要知道，只有死去的人才会长出翅膀。那个恐怖的人抓住我的双臂，飞了起来，渡过地下暗河，最后落在了地下女王伊尔卡拉的神殿。好黑暗的殿宇啊！这是死亡宫殿啊！这里的人只有来，没有去。所有人都穿着像鸟一样的羽衣，他们以泥土为食，终日生活在黑暗里，再也见不到一丝光亮。

"不管你生前如何尊贵，到了这里，都要被脱去华服，除去王冠，成为地位低下的侍从。他们为天神安努、大地和空气之神恩利尔献上烤肉、面包，还有甘甜清冽的泉水。

"这座地下宫殿到处落满了灰尘，连大门和门闩上都积落着厚厚的尘土。伊尔卡拉是这里的最高统治者，下面是各种职责不同的祭司们，比如负责主持仪礼的祭司、敬酒祭酒的祭司、主持祷告的祭司、负责引荐的祭司等，还有法官、高僧和净化灵魂的巫师。旁边还坐着爱塔那、沙卡，以及冥府女王埃瑞什基迦尔。

"在这里，我还看到了伊什塔尔的情人——牧神，他恭顺地跪在地下女王伊尔卡拉的身旁。女王的书吏——蓓蕾特·瑟里，手持泥板，哦，也就是生死簿，大声喊我的名字。女王听到我的名字，抬头看了看我，并问道：'谁把你带到这里来的？'我还没来得及回答，就清醒了，回到了乌鲁克城。

"我的朋友，吉尔伽美什，我就要离开了。我的兄弟，我们曾经患难与共，度过了那么多快乐的时光，别忘记我！"

第一天、第二天、第三天，恩奇都越来越憔悴，越来越虚弱，气息逐渐微弱下去；第五天、第六天、第七天，恩奇都没有力气说话，也不再睁眼看吉尔伽美什；第十天、第十一天、第十二天，恩奇都十分安静，像没有呼吸一般；第十三天夜里，恩奇都终于醒过来了，他向吉尔伽美什告别：

"我的朋友，伊什塔尔诅咒了我，我就要离开了，我已经没有力气与死神抗争。我真希望回到战场，拼杀一番，哪怕马革裹尸，也比这样无声无息地死去要好得多。吉尔伽美什，我的朋友，我的兄弟，再见了……"

恩奇都永远闭上了眼睛，再也没有了呼吸，那样安静地躺在床上，任谁也唤不醒了。

吉尔伽美什无法相信，他的好朋友，强壮如牛的恩奇都，就这样离开了。他有些失魂落魄，不知该做什么，该去哪里，不停地绕着恩奇都的身体转来转去，像失去同伴的野兽，像失去雏鸟的老鹰。多日来，吉尔伽美什无心睡眠，更无心梳洗，此时的他蓬头垢面，披头散发，失去朋友的悲伤占据了他全部身心，他扯掉身上的华服，扔到地上，悲痛欲绝地捶打着自己的胸口，恨不得立刻追随恩奇都而去。

"我的朋友，恩奇都，你降生在森林，与野兽一起长大。羚羊哺育了你，麋鹿保护着你，你自由自在，逍遥如野人。你跟随沙姆哈特打开了心智，了解了情爱；你在牧人家中吃到了面包，喝到了麦芽酒，穿上了舒适的衣裳；你来到乌鲁克城，与我相遇相识，结为兄弟；我们长途跋涉，历尽艰辛，齐心协力消灭了洪巴巴，捕杀了天牛；我们共同享受乌鲁克人民给我们的无限敬重和荣誉。这一切，就像发生在昨天。如今，你为何长睡不醒，是谁带走了你？是谁让你听不到我的声音？

"乌鲁克的子民，为你哀悼！

"乌鲁克的长老们，为你哀悼！

"我——吉尔伽美什——乌鲁克的王，为你哀悼，为你悲伤不止。手中的战斧，腰间的匕首，桌上的长剑，都会因你而静默，变得无比沉重。"

吉尔伽美什不眠不休，整日饮泣，怀念他的朋友——恩奇都。当黎明的第一缕阳光划破黑暗，照到乌鲁克的城头，他心中的悲伤没有减少半分。

"恩奇都，我的朋友，降生在森林的你，力量如天降巨石般的你，奔跑起来像雄狮一样的你，喝兽奶长大，吃野草为生！我的朋友，森林、河流、山川将日夜为你哀悼！

"愿通往雪松林的道路为你哀悼，他们见证了我们一路远行！愿山林里的所有生灵为你哀悼，他们曾是你亲密的伙伴！愿幼发拉底河之水为你哀悼，我们曾在那里清洁双手！愿牧人、农夫为你哀悼，他们的歌谣里有你的名字！愿酿酒人为你哀悼，你曾品尝过他们的麦芽美酒！愿乌鲁克城的人们为你哀悼，为你祈福！"

第七天，当曙光洒满大地，吉尔伽美什止住悲伤，召集长老们前来商议葬礼的细节。他决定在伊什塔尔神庙为恩奇都举办葬礼。他打开宝库，取出黑曜石、青金石、金子、银子、象牙、玛瑙等各种珍稀珠宝，然后，传令下去，召集锻造工匠、宝石工匠、铜匠、金匠和珠宝商，让他们为他的朋友——恩奇都打造一尊精美的雕像，用最好的珍宝作为装饰。

"我将用埃兰马克树做成长桌，摆上祭典的宝器。我将献给女神伊什塔尔一支雪松权杖。愿她接纳我的朋友——恩奇都，给他祝福！

"我将献给纳木拉西特一尊青金石的烧瓶。愿他接纳我的朋友——恩奇都，给他祝福！

"我将献给冥府女王埃瑞什基迦尔一支玛瑙做成的笛子。愿她接纳我的朋友——恩奇都，给他祝福！

"我将献给伊什塔尔喜爱的牧羊人塔姆兹一个青金石的宝座。愿他接纳我的朋友——恩奇都，给他祝福！

"我将献给冥府的大臣纳姆塔尔一只纯金碟子。愿他接纳我的朋友——恩奇都，给他祝福！

"我将献给冥府的侍卫胡什彼沙格一对银扣环和一对铜手镯。愿他接纳我的朋友——恩奇都，给他祝福！

"我将献给埃瑞什基迦尔的侍女卡萨·塔巴特一罐内嵌青金石和玛瑙的雪花石膏。愿她接纳我的朋友——恩奇都，给他祝福！

"我将献给冥府房间的女佣宁舒鲁哈图玛一把青金石刀柄的双刃匕首。愿她接纳我的朋友——恩奇都，给他祝福！

"我将献给冥府的屠夫比布另一个雪花石膏瓶。愿他接纳我的朋友——恩奇都，给他祝福！

"我将献给冥府的替罪羊塔姆兹一串玛瑙珠链。愿他接纳我的朋友——恩奇都，给他祝福！

"我将用雪松木打造一口棺材，把所有珍奇珠宝都镶嵌在上面，我要带领乌鲁克的全城子民祭奠我的朋友——恩奇都！我要向太阳神沙马什祈祷，愿他庇护我的朋友在地下宫殿一切平安！"

吉尔伽美什摘下自己的王冠，放在恩奇都的棺椁中，就像自己永远陪伴着他。然后，他在埃兰马克树做成的长桌上摆上祭器，将糖浆倒入玛瑙碟盘中，将酥油倒入青金石碟盘中，向伟大的太阳神沙马什祈祷，愿他继续保佑自己的朋友恩奇都。

乌鲁克城的子民都来为他们心目中的英雄——恩奇都送行。鼓乐手奏起哀伤的乐曲，人们唱起悲伤的祭歌，一路护送棺椁来到伊什塔尔神庙。

神妓沙姆哈特在神庙前迎接她的爱人，两人相遇相识相恋的过程，就像发生在昨日一般清晰。人生无常啊，曾经像野牛一样强悍的恩奇都，竟然就这样离去了。

主祭祀将恩奇都的棺椁打开，让乌鲁克的子民再看看他们的英雄。然后，主祭祀将幼发拉底河的河水轻轻洒在恩奇都的脸上，神妓沙姆哈特用牛奶滋润恩奇都的上嘴唇，用蜂蜜滋润他的下嘴唇，希望能给他带去圣洁的祝福。这是最后的仪式。

在盖上棺椁之前，吉尔伽美什忍不住看了又看，虽然舍不得，但是必须要把他的兄弟送走了。

送走了恩奇都，吉尔伽美什把自己的心也送走了。他每天失魂落魄，像一株没有水分的树，了无生机。吉尔伽美什的生活里只剩下回忆，越是回忆，那些往事就越是清晰，他把与恩奇都之间的一切复习了一遍又一遍，就像恩奇都还在身边。

第四部分

追寻永生的旅程

马述山的蝎人

正如太阳神沙马什预言的那样，吉尔伽美什再也无心其他，他脱掉华服，披上狮皮，蓬头垢面，终日游荡在野外，就像一个没有归宿的浪子，时时刻刻为他的朋友恩奇都的离开而心伤。同时，他的内心还被死亡的恐惧所充斥。总有一天，死亡会来到他的身边，像带走恩奇都一样也将他带走。只是他不知道这一天究竟什么时候到来，这种未知的等待更加令人抓狂、不安。

吉尔伽美什将心中的忧虑讲给长老们听，其中有一位长老见多识广，他向乌鲁克王解惑道：

"伟大的吉尔伽美什，您的朋友恩奇都离开了，我们无法挽回，不过，或许您并不用面对死亡。"

吉尔伽美什急忙问为什么这么说。

这位长老说道："您的先祖——乌特纳匹施提，也就是乌巴尔－图图的儿子，他依旧活在世上，因为他得到了永生。假如您希望得到这个永生的秘密，可以去找您的先祖——乌特纳匹施提问一问。不过……"

"'不过'什么?"吉尔伽美什问道，"我知道没有那么简单，请您尽管以实相告。"

"不过，您必须翻越由蝎人守护的马述山，穿越长达十二小时的黑暗，最后还要渡过死亡之海。每一道关卡，都是生死考验。"

吉尔伽美什听完，沉默了一会儿，对长老们说道："我宁愿死在寻找乌特纳匹施提的路上，也不愿每天在这里等待未知的死亡。"

长老们知道，他们的国王，一旦决定做什么事情，就一定会去做，就像远征雪松林一样。

就这样，第二天一早，吉尔伽美什便踏上了寻找乌特纳匹施提的旅途。

乌鲁克城越来越远，直到在身后消失不见，吉尔伽美什依然精力充沛地向前走着。黄昏时分，他来到一处山脚下，正四处张望，看哪里适合坐下来歇歇脚，忽然发现不远处一群狮子正缓缓向他走来。吉尔伽美什不禁一惊，虽然他曾不止一次与野兽搏斗过，但那不是在乌鲁克城的兽园里，就是与恩奇都一起。而现在，他势单力孤，如何能抵得过一群饿极了的雄狮呢？

吉尔伽美什只得抬头向月神辛祷告道："月神辛，请护我平安！"然后，他一手握战斧，一手持长剑，冲向狮群。这群雄狮见到凶神恶煞般的吉尔伽美什，竟然四散奔逃，很快便跑得无影无踪。哦，感谢月神辛的护佑！

这天夜里，吉尔伽美什睡在一棵大树上。第二天一早，他继续前行。

不知走了多久，也不知走了多远，只看到我们伟大的乌鲁克王长出了长长的胡须，身上的锦袍已看不出是什么颜色，脚上的靴子底也快磨穿了。但他的身躯依然挺直，眼神依然明亮。

这天，他终于到达了马述山的山脚下。

马述山的山顶与天界接壤，马述山的山脚与冥界相邻。守护此山的是一对蝎人，他们不仅长相古怪，而且手段残忍，只要被他们轻轻蜇一下，瞬间就会没命。这对蝎人日夜守护着马述山，从日出到日落，从不离开。

既然已经走到了此处，无论如何，只能向前，不能后退。于是，吉尔伽美什鼓起勇气，朝守护者走过去。

这两个蝎人是一对夫妻，他们看到远处走来一个陌生人，蝎人丈夫说："远处走过来的那个凡人，怎么好像拥有神一般的体魄。"

妻子仔细看了一番，答道："的确，他三分之二是神，三分之一是人。"

距离蝎人的距离越来越近。虽然吉尔伽美什有心理准备，可是当与蝎人面对面时，他还是吓了一跳。只见他们长着蝎子的头，表情却有点儿像人，胸前的两只钳子就是他们的双手。别小看这对钳子，几下就能把人撕得粉碎。

"嘿，那个长途跋涉的人，到我面前来。"蝎人冲吉尔伽美什喊道，"我还从未见过一个像你这样远道而来的人呢。你为什么来到这里？为什么你的神色有些疲惫？"

"我来寻找我的先祖——乌特纳匹施提，他已得到永生，成为神。我要向他请教生与死的秘密。"吉尔伽美什如实答道。

这对蝎人彼此看了一眼，说道："吉尔伽美什，年轻的国王，还是早些返回乌鲁克城吧。要知道，从来没有人能够穿越马述山，就算我们放你过去，你也很难顺利通过。因为穿越马述山，需要经历十二个小时的黑暗，这十二个小时中，没有日出与日落，没有星星与月亮，只有无边无际的黑夜。太阳升起，你依然身处黑暗，太阳落下，你如坠熊熊烈焰。在这里的每一刻，你都倍感煎熬，心如油烹。你真的要去冒险吗？"

"当然，"吉尔伽美什说，"我历经艰辛，日夜兼程，磨破了衣衫，走穿了靴底，劈钝了长剑和战斧，才从天的另一端走到这里。就算前面有冰霜雪剑，烈火焚身，就算前面有无尽的恐惧，我也要继续前行。请为我打开山门吧！"

　　蝎人听了吉尔伽美什的话，又见他如此坚定，便说道："去吧，吉尔伽美什！我们为你打开山门，愿你早日翻越马述山，得到永生的秘密。当你回来时，我们再相见！"

　　蝎人打开了山门，就此，吉尔伽美什走进了黑暗之渊。

黑暗之渊

　　前一个小时，吉尔伽美什没有什么不适的感觉，就像度过平日的黑夜一样，飞快地往前走；又过了一个小时，他渴望能见到一丝丝光亮，可是前方依旧伸手不见五指，后面也是漆黑一片；又过了一个小时，他已没有时间和空间的概念，身边只有无边无际的黑暗；四个小时、五个小时、六个小时、七个小时过去了，吉尔伽美什根本无法辨别方向，只是凭感觉一边摸索着一边往前走；走到第个八小时，他的心神已乱，几近崩溃，甚至怀疑自己身处地狱，再也没有走出去的可能。

　　吉尔伽美什越走越冷，如坠冰窟，浑身直打哆嗦，他知道不可以停下，一旦停下就会被冻死，于是他奔跑起来。走到第九个小时，吉尔伽美什感觉到一阵阵微风吹来，他兴奋地以为已走到了尽头，可是并没有，前方还是如浓墨一般。

走到第个十小时，黑暗逐渐退却，远处隐约有微弱的光亮，吉尔伽美什加快了脚步。十一个小时过去了，吉尔伽美什感觉已快走到山的另一边了。他的心反而平静了，脚步轻快了，他一鼓作气，终于在太阳升起前，穿越过了马述山。

光明，可贵的光明！

吉尔伽美什看到不远处光辉灿烂，闪闪发光，像是诸神的园林。他走过去，果真是一大片园林。只见藤蔓上结满了五颜色六色的玛瑙，叶子是青金石的，鲜润翠绿；树上长满了红宝石、绿松石等，还有赤铁矿、红珊瑚、珍珠、海贝等数不清的奇珍异宝。吉尔伽美什沿园林走过，闻着奇异的芳香，令人心旷神怡，垂涎欲滴。

连续数月长途奔波，吉尔伽美什已精疲力竭，此时来到这果香四溢的园林，忍不住伸手摘下几个果子，刚一入口便觉得甘甜的汁水滋润得他浑身舒畅，疲惫顿消。

"感谢太阳神沙马什的保佑，感谢您的恩赐！"

这时，吉尔伽美什听到一种声音从遥远的天际传来：

"年轻的吉尔伽美什，勇敢的乌鲁克王，留在这里吧！这里四季如春，晴空朗日，没有烦恼与忧愁。"原来是太阳神沙马什在劝诫他。

　　吉尔伽美什听了，没有动摇，反而更加坚定了他前行的决心。他丢掉手中的果子，立刻上路了。

西杜丽的指点

又走了几天，吉尔伽美什来到了大海边。他曾得到过太阳神沙马什的提示，穿越了马述山，面临的就是死亡之海，看来，眼前的就是了。

吉尔伽美什看到海上波涛汹涌，没有船是肯定无法渡过去的。何况海水黑如漆墨，大雾弥漫，海天相接，根本不辨方向。吉尔伽美什四处张望，希望能找到船夫，或者找人问一下路也好呀。

不远处，有一个小酒馆。卖酒妇西杜丽正坐在门前，她一边晒着太阳，一边梳理着披肩长发。吉尔伽美什的出现与他的一举一动，西杜丽早就看在眼里。

这个披着狮皮的年轻人，他眼神明亮，却满面沧桑，还流露着一丝悲伤，看上去似乎是走了很远的路，历经数月的风吹日晒、霜打雨淋；不过，这个人拥有神一般的体魄，周身带有一种莫名的威胁感，令人不敢靠近。

"我从未见过像他这样的人，他为什么会来到这里？"

西杜丽暗自想道。她看到吉尔伽美什向小酒馆的方向走来，便赶紧起身，关上店门，然后爬上了屋顶。

"嘿，卖酒妇，"吉尔伽美什走到酒馆门前，推了推门，没有推开，便对屋顶上的西杜丽说道，"大白天的，为什么关上酒馆的大门？你为什么坐在屋顶上？"

"大白天的，我关上酒馆的门，爬上屋顶，那是因为我从未见过像你这样的人。"卖酒妇说道，"你是谁？你为什么来到这儿？"

"我是乌鲁克的国王，吉尔伽美什，"吉尔伽美什回答道，"我有位朋友，也是我的好兄弟，他叫恩奇都。我们曾远征雪松林，杀死了守护在那儿的怪兽洪巴巴，还一起除掉了作恶的天牛，保护了乌鲁克的子民……"

"吉尔伽美什，你说你是乌鲁克的国王，你和你的朋友恩奇都杀死了洪巴巴，除掉了天牛，那么，"卖酒妇又问道，"你为何满面沧桑，一身风霜？为何你神情悲戚，憔悴不堪？为何你有苍凉如月的心事和沉重如石的步履，看上去好像历经数月的长途跋涉？为何你的容颜有着风霜雪剑的痕迹？为何你不住在乌鲁克的王宫，却像一头野狮一样四处游荡？"

"卖酒妇，"吉尔伽美什反问她道，"为何我不能满面沧桑，一身风霜？为何我不能神情悲戚，憔悴不堪？为何我不能有苍凉如月的心事和沉重如石的步履，看上去好像历经数月的长途跋涉？为何我的容颜不能有着风霜雪剑的痕迹？为何我不能不住在乌鲁克的王宫，而像一头野狮一样四处游荡？"

西杜丽没有回答。

过了一会儿，吉尔伽美什才又接着说道：

"我的朋友恩奇都，降生在森林里，成长在山野中，他的力量如天降巨石，有一颗强大的心。我们在乌鲁克城相识，结为兄弟。他与我一起远征，一起冒险，患难与共，荣誉同享。可是，他却被病魔夺去了性命。我守在他的身边，整整哀悼了六天六夜，始终不舍得将他下葬，一心想用全部的泪水将他唤醒。后来，他的遗体腐坏了，蛆虫爬了出来。我才知道，我挚爱的朋友真的回不来了，只得为他举行了葬礼。从那天开始，失去挚友的悲伤和对死亡的恐惧紧紧包围着我，我无心梳洗，整日披着狮皮，蓬头垢面地游荡在野外。或许，很快我也会被死亡带走，就像我的朋友恩奇都一样。只是我不知道那一天究竟何时到来，这种未知的等待比真正的死亡还要可怕。我听乌鲁克的一位长老说，我的先祖乌特纳匹施提已得到永生，列为神，我要向他请教生与死的秘密，于是，我来到了这里。"

"吉尔伽美什，"西杜丽说道，"你可知道，神在创造一个人的时候，就已安排好了他的生期与死日。作为一个人，只管经历这个过程。就像你，作为乌鲁克的王，拥有财富和权力，尽管享受神赐予你的舒适安逸的生活，从从容容走完这一生。何必长途跋涉，历尽艰辛去寻找永生的秘密？"

"别再劝我了，卖酒妇，"吉尔伽美什说道，"这样的话我听得太多了。我已回答完你的问题，请告诉我寻找乌特纳匹施提的路，我应该往哪里走？"

"吉尔伽美什，没有路，"西杜丽说道，"这里原本就没有路。除了太阳神沙马什，还从来没有人能够穿越这片死亡之海。你可知道，为何这里称为死亡之海？那是因为海路险恶，充满漩涡和礁石。这还不算，最恐怖的是海的中央，那里看似光滑如镜，但是身上一旦溅到海水，就会被腐皮蚀骨。这段可怕的死亡之水，长达二十六海里。吉尔伽美什，你如何渡过这死亡地带？"

"这有何难？"吉尔伽美什回答道，"我造一艘高大坚固的轮船，可以闯过滔天巨浪，绝不会沾到一滴海水。"

"你的船是没有用的，"西杜丽说道，"普通船只一旦进入死亡之海，就会被腐蚀掉。"

"那如何渡海？"吉尔伽美什急切地问。

"别急，吉尔伽美什，"西杜丽说道，"你可以去找一个名叫乌尔沙那比的人，他是乌特纳匹施提的摆渡人。他有两座石人，那是专门用来庇佑他渡过死亡之海的。这会儿，石人正陪着乌尔沙那比在雪松林里剪树枝。去吧，吉尔伽美什，希望你能平安渡海，完成心愿！"

吉尔伽美什听了，对西杜丽的指点再三表示感谢，然后，便立刻出发去寻找乌尔沙那比。

死亡之海

　　吉尔伽美什信心百倍地出发了，他沿着海岸线走啊走啊，一连走了好几天，既没有看到森林，也没有看到什么人影。他越走越泄气，越走越愤怒，心中疑窦丛生："难道那个卖酒妇故意哄骗我？哪里有什么摆渡人？"

　　他气得挥舞手中的战斧和匕首，冲着海边的礁石一通猛砍。等他气消了，礁石也被他劈得七零八落。然后，吉尔伽美什颓然地坐在岸边，不知该如何是好。

　　"你是谁？为什么失魂落魄地坐在这儿？"

　　这时，有一个身披蓑衣、头戴斗笠的人走过来问道。

　　吉尔伽美什抬起头，看了看他，回答道："我是乌鲁克的国王，吉尔伽美什。我来寻找乌特纳匹施提的摆渡人，他叫乌尔沙那比。"

　　"你找乌特纳匹施提的摆渡人乌尔沙那比有什么事？"

"我要请他帮我渡过死亡之海，去见我的先祖乌特纳匹施提。"

"原来如此，那么，可否回答我几个问题？"

"当然。你请问。"

"你为何满面沧桑，一身风霜？为何你神情悲戚，憔悴不堪？为何你有苍凉如月的心事和沉重如石的步履，看上去好像历经数月的长途跋涉？为何你的容颜有着风霜雪剑的痕迹？为何你不住在乌鲁克的王宫，却像一头野狮一样四处游荡？"

听了这人的问话，吉尔伽美什反问道："为何我不能满面沧桑，一身风霜？为何我不能神情悲戚，憔悴不堪？为何我不能有苍凉如月的心事和沉重如石的步履，看上去好像历经数月的长途跋涉？为何我的容颜不能有着风霜雪剑的痕迹？为何我不能不住在乌鲁克的王宫，而像一头野狮一样四处游荡？"

"我的朋友恩奇都，降生在森林里，成长在山野中，他的力量如天降巨石，有一颗强大的心。我们在乌鲁克城相识，结为兄弟。他与我一起远征，一起冒险，患难与共，荣誉同享。可是，他却被病魔夺去了性命。我守在他的身边，整整哀悼了六天六夜，始终不舍得将他下葬，一心想用全部的泪水将他唤醒。后来，他的遗体腐坏了，蛆虫爬了出来。我才知道，我挚爱的朋友真的回不来了，只得为他举行了葬礼。从那天开始，失去挚友的悲伤和对死亡的恐惧紧紧包围着我，我无心梳洗，整日披着狮皮，蓬头垢面地游荡在野外。或许，很快我也会被死亡带走，就像我的朋友恩奇都一样。只是我不知道那一天究竟何时到来，这种未知的等待比真正的死亡还要可怕。我听乌鲁克的一位长老说，我的先祖乌特纳匹施提已得到永生，列为神，我要向他请教生与死的秘密，于是，我来到了这里。"

"吉尔伽美什，"那人说道，"你可曾见过永恒的事物？世界上哪有永远的晴天？哪有不倒的房屋？哪有不腐烂的船只？哪有永不停歇的蝴蝶？生如何，死又如何？都是神的安排，只不过神只安排你的生期，不告知你的死日。"

"不要劝我回头，"吉尔伽美什说道，"除非走到我的先祖乌特纳匹施提面前，否则，我决不回头。我已经回答完你的问题，请告诉我乌特纳匹施提的摆渡人——乌尔沙那比，他在哪里？"

那人答道："我就是。"

"噢，乌尔沙那比，"吉尔伽美什高兴地说道，"请帮我渡过死亡之海，或者请告诉我寻找乌特纳匹施提的方向。"

"唉，"摆渡人乌尔沙那比叹了口气，说道，"吉尔伽美什啊，半小时前或许我还能答应你的请求，可是，你亲手砍碎了庇佑我们渡海的石人，现在，我们没办法渡过死亡之海了。"

原来他刚才劈碎的就是那两座石人。

吉尔伽美什不禁懊悔得捶胸顿足："这可如何是好？"

"先别急，吉尔伽美什，"乌尔沙那比安慰他道，"我看只能这么办了。年轻人，你去旁边的森林里砍一百二十棵椰树，削出最结实的树芯部分，做成船棹，每根船棹长度为五杆。对啦，要把船棹的两端削平，带回来给我。"

吉尔伽美什二话不说，一手持战斧，一手握匕首，立刻向森林走去。他找到一百二十棵最为笔直粗壮的椰树，砍下来，按照乌尔沙那比说的，做成长度为五杆的船棹，又将船棹的两端削平，带了回来。等他全部做完，两天过去了。

一切准备就绪，吉尔伽美什和乌尔沙那比登船出发了。乌尔沙那比的船很大，但装上一百二十支船棹之后，吃水深了很多。

船入大海，便如树叶飘零，让人感到自己无比渺小。吉尔伽美什和乌尔沙那比轮番划行，速度极快，三天已走了相当于普通船只两个月的航程。

这天，他们的船速慢了下来。只见海面平滑如镜，无风无浪，四周没有一丝声音。

"小心，吉尔伽美什，"乌尔沙那比提醒道，"死亡之海的中央地带就要到了，千万别将手伸出船外，也别让海水溅到你身上，否则你会被腐皮蚀骨。"

船停了。

"快，用我们的第一支船棹！吉尔伽美什！"乌尔沙那比喊道。

吉尔伽美什赶忙拿起第一支船棹，奋力向前划，才划几下，船棹便被死亡之水腐蚀掉了。

"快，用我们的第二支船棹！吉尔伽美什！"乌尔沙那比又喊道。

就像第一支船棹一样，刚划几下，第二支船棹也被腐蚀掉了。

吉尔伽美什和乌尔沙那比又拿起第三支、第四支……直到一百二十支船棹全部用完，船终于穿过了死亡之水。

他们远远地看到了海岸线。岸上，有个小小的人影站在那儿，正向吉尔伽美什和乌尔沙那比的方向眺望。

神秘的乌特纳匹施提

    站在岸上的人，正是乌特纳匹施提。

    当他看到乌尔沙那比的船慢慢靠近，心里不禁产生了疑问："船上为何没有石人呢？怎么多了一个陌生人？船上的人不是我的摆渡人啊。"

    很快，船便靠了岸。

    "快看，吉尔伽美什，"乌尔沙那比指着岸上的人说道，"那就是你要寻找的乌特纳匹施提！"

    吉尔伽美什走下船，来到乌特纳匹施提的面前。他怔住了。他一直以为得到永生、列为神的乌特纳匹施提是一位容颜不老、神采飞扬的年轻人，没想到，眼前的乌特纳匹施提竟然是一位形如枯槁、须发皆白的老人。

    "长生不老的乌特纳匹施提，乌巴尔－图图的儿子，成功逃过大洪水劫难的人，"吉尔伽美什上前拜见先祖，说道，"您是唯一一个被神赐予永生的人！我是乌鲁克的王，吉尔伽美什。"

乌特纳匹施提看了看吉尔伽美什，问道："你为何满面沧桑，一身风霜？为何你神情悲戚，憔悴不堪？为何你有苍凉如月的心事和沉重如石的步履，看上去好像历经数月的长途跋涉？为何你的容颜有着风霜雪剑的痕迹？为何你不住在乌鲁克的王宫，却像一头野狮一样四处游荡？"

吉尔伽美什反问乌特纳匹施提道："为何我不能满面沧桑，一身风霜？为何我不能神情悲戚，憔悴不堪？为何我不能有苍凉如月的心事和沉重如石的步履，看上去好像历经数月的长途跋涉？为何我的容颜不能有着风霜雪剑的痕迹？为何我不能不住在乌鲁克的王宫，而像一头野狮一样四处游荡？"

"我的朋友恩奇都，降生在森林里，成长在山野中，他的力量如天降巨石，有一颗强大的心。我们在乌鲁克城相识，结为兄弟。他与我一起远征，一起冒险，患难与共，荣誉同享。可是，他却被病魔夺去了性命。我守在他的身边，整整哀悼了六天六夜，始终不舍得将他下葬，一心想用全部的泪水将他唤醒。后来，他的遗体腐坏了，蛆虫爬了出来。我才知道，我挚爱的朋友真的回不来了，只得为他举行了葬礼。从那天开始，失去挚友的悲伤和对死亡的恐惧紧紧包围着我，我无心梳洗，整日披着狮皮，蓬头垢面地游荡在野外。或许，很快我也会被死亡带走，就像我的朋友恩奇都一样。只是我不知道那一天究竟何时到来，这种未知的等待比真正的死亡还要可怕。我听乌鲁克的一位长老说，我的先祖乌特纳匹施提已得到永生，列为神，我要向他请教生与死的秘密，于是，我来到了这里。"

吉尔伽美什停了片刻，接着对乌特纳匹施提说道："我相信，只要能找到您——我的先祖乌特纳匹施提，我就可以得到生与死的秘密。于是，我才开始这一段千辛万苦的长途跋涉。一路上，我没有一天停歇过，没有一夜安睡过，只顾向前、向前。尽管我不知道最终会得到什么样的答案。

"我在遇见卖酒妇西杜丽之前，我的靴底就已磨穿，衣服也已破烂。我饿了，就捕杀各种野兽，吃它们的肉；我冷了，就剥下兽皮，披在身上。我追逐山羊、鬣狗、麋鹿、灰熊、野狮、豹子，以致后来它们见到我就躲得远远的，无法在森林山野间自由自在地奔跑。"

听完吉尔伽美什的讲述，乌特纳匹施提对他说道："吉尔伽美什，你是乌鲁克的王，是女神宁孙和国王卢伽尔班达的儿子，得到诸神赐予的智慧与力量，所以你三分之一是人，三分之二是神。你的责任就是守护乌鲁克子民的安宁与和平，而不是沉浸在悲伤之中，奔波于冒险的旅程。

"你这一路不眠不休，风雨兼程，想要追逐什么，又想得到什么？你向我诉说长途奔波的艰辛，诉说失去挚友的悲痛，那你可知道，超负荷的压力与疲惫会让人崩溃。人的生命不是无极限的，而是脆弱无常的，有人可年过百岁，有人年纪轻轻便离世。在生命的过程中，我们随着四季变化春播秋收冬藏，我们建造家园，共享天伦，按照自然规律走完这一生。自古以来，没有人见过死亡的画像，没有人听过死亡的声音，也没有人能阻止死亡的脚步。神只创造人的生期，却不知人的死日。早在安努那基——天地冥界诸神在一起讨论时，命运之神诺恩斯就下了神谕：'生死自有定数，日期不为人道！'"

乌特纳匹施提的话并没有让吉尔伽美什死心，他说道："乌特纳匹施提，在我见到您之前，我想象着您已列为神，一定容颜青春，风采非凡。现在站在您面前，看上去您与我外表很相像，并没有特别之处。我心有疑惑，您可以告诉我，如何飞升为神，并得到永生吗？"

"吉尔伽美什，"乌特纳匹施提回答道，"这是一个很长很长的故事，我来讲给你听吧。"

大洪水的故事

下面就是乌特纳匹施提讲述的故事:

"很久以前,在幼发拉底河岸坐落着一座古老的城市——苏鲁帕克。那时候,人与众神共同居住在此地,相处很是融洽。后来,人越来越多,城市越来越拥挤,每天熙熙攘攘,嘈杂不堪,吵得众神无法安宁。于是,众神聚到一起商量如何让大地安静下来。

"这天,天神安努、大地和空气之神恩利尔、战神尼努耳塔、司水神官恩努基,还有智慧之神埃阿等神都来了。在这次会议上,恩利尔决定对苏鲁帕克城发动毁灭性的大洪水,让大地上的生灵全部灭绝。

"恩利尔的命令,没有谁敢违背,可是智慧之神埃阿同情苏鲁帕克城的人们,他趁众神商议决策之际,悄悄来到我的房门外，将消息传达给我：'木屋啊木屋，砖墙啊砖墙，请用心听我说！苏鲁帕克的男人，乌巴尔－图图的儿子，不要犹豫，也不要惋惜，赶紧拆掉你的房屋，取下木材打造一只方舟。带上粮食、淡水，还有所有活物，总之带上把能保命的东西全都带上船，那些金银珠宝就丢弃吧，除了占分量，什么用也没有。最重要的是，你要按照我说的要求去打造这只方舟。'

"我听到埃阿神的声音，便贴近墙壁，回答道：'埃阿神，我的主人，我遵从您的神谕，请您吩咐。'

"埃阿神说道：'你打造的这只方舟，长度与宽度相同，各边的尺寸相等，上面还要盖一个阿卜苏的屋顶。'

"'我的主人，'我又说道，'我不该质疑您的神谕，只是要拆掉房屋，打造方舟，我肯定要召集城中居民来帮忙，我该如何向苏鲁帕克的长老们和子民们解释这件事呢？'

"埃阿神这样吩咐道：'你告诉苏鲁帕克的长老们和子民们：据说恩利尔神对我有所不满，要惩罚我，我不能继续住在苏鲁帕克了，我也不能再住在恩利尔的属地了。我要搬到阿卜苏去，跟我的主人埃阿神一起住。到时候，埃阿神会赐予我们肥沃的土地，丰饶的物产，让河里有捕不完的鱼，森林里有打不完的猎物。'

"第二天一大早，我便召集苏鲁帕克的长老们和子民们来到我家，按照埃阿神的吩咐，将拆房屋、建方舟的事情告诉了大家。听到我这样说，所有人都表示愿意帮忙，迅速组织并准备起来。工匠们带来了斧凿，料工们背来了竹筐，老人编起棕榈绳索，年轻人扛着木料，孩子们送来了沥青。连续忙了五天，方舟的架构已经建成，它的面积一英亩，高十杆，宽十杆。我命人用六块覆板将船隔成上下七层，又将舱内隔为左右九间。为了保证船的坚固性与耐腐性，全部用防水铆加固船身。又找来船棹，安置好绞轳。然后，将三沙尔①沥青、三沙尔柏油倒入炉窑里进行淬炼，然后将它们涂刷在桅杆上，使桅杆更加坚韧而结实。

"为了感谢来帮忙的人们，我每天让人杀牛宰羊，给大家喝麦芽酒、葡萄酒，大家享受着从未品尝过的奢华盛宴，这些日子就像过年一样！

"第七天，方舟造好了。一半人在前面拉，一半人在后面推，齐心协力将方舟推入幼发拉底河。随后，我将所有能带的东西都搬上了船：活的生物和种子，粮食和水源，各式各样的工具，当然还有金银珠宝。

"太阳神沙马什传来警示：'今天清晨将会大雨倾盆，今天夜里大洪水就会来临。在大洪水暴发之前，你赶紧登

---

① 沙尔，指数量3600，《吉尔伽美什史诗》原文未记载单位。

上方舟，封闭舱门，带上你的妻子逃命去吧！'

"我听从太阳神沙马什的警示，匆忙登上方舟，封闭舱门，等待毁天灭地的那一刻到来。果然，正如众神的安排，清晨，天空乌云密布，暴风骤雨瞬间而至。风暴之神阿达德在云中怒吼不止，天地间响起震耳欲聋的霹雳。先行官舒拉特和哈利什抬着风暴之神的宝座，游荡在森林、山野、河川之间，所到之处无不风雨交加。安拉卡尔翻江倒海，搅动狂风巨浪；尼努耳塔放出洪流，冲破河堤塘坝。安努也发动威力，举起火把，燃起熊熊火焰，将大地层层笼罩。接着，风暴之神阿达德骄横地穿云掠空，掀起飓风，直吹得飞沙走石，天昏地暗。整个苏鲁帕克城如同一个没有缝隙的罐子，任凭洪水席卷、淹没、灭顶，房倒屋塌，无一幸存。在这场大洪灾中，人们对面而不可见，孤立无援，不知所措，唯有等死，惨叫声、哀号声不断，令人不忍听闻。

"即使苏鲁帕克的众神也被吓得惶恐不安，他们纷纷退到天神安努的山巅，躲在神殿外的屋檐下沉默不语，瑟瑟发抖，如丧家之犬。

"女神伊什塔尔看着历经千年的城郭变为一片废墟，浸在洪水里，不禁心生悲悯，她用凄婉的声音哭诉着：'都是我的过错，因为我在众神面前抱怨人类，说了人类的坏话，才惹出这天大的祸事。我创造了苏鲁帕克的子

民，现在，却眼睁睁地看着我的孩子们像鱼鳔一样漂在洪水里！'

"女神伊什塔尔的哭泣也让安努那基起了恻隐之心，不禁一起哭泣起来。他们直哭得眼睛肿痛，嘴唇干裂。可是，天神安努并没有停止对苏鲁帕克的毁灭。整整六天六夜，这场暴风雨和大洪水将我们的家园夷为平地。第七天，暴风稍减，洪水退去，乌云消散，大地一片寂静，所有人都已葬身洪灾之中。

"我打开方舟顶部的通风孔，一缕阳光照射进来，洒在我的脸上。我向四周眺望，寻找海岸线。可是，眼前除了一具具漂浮在水面上的尸体，什么也没有。这是我见过的最惨烈的场景，我被吓得双膝发软，不由自主地跪倒在地，流着泪向太阳神沙马什祈祷。

"我撑起船棹，努力划着。我不知道该划向哪里，只是不停地向前划行。后来，方舟在尼姆什山附近搁浅了，我们在这里一连待了六天，动不了。第七天，我想打听一下外面的情况，就放出一只鸽子，没多久，它便飞了回来，这说明洪水还没完全退去，鸽子找不到落脚点。后来，我又放出一只燕子，没多久，它也飞了回来。最后，我放出一只乌鸦，这次，乌鸦盘旋了几圈，嘎嘎地叫着飞走了，没再回来。这说明洪水已经完全退去，乌鸦找到了食物，所以不再飞回方舟。于是，我将船上所有的鸟全部放走了。

　　"我登上尼姆什山的山顶，设下祭台，燃起高香，先将珠宝首饰摆上，又宰了牛羊做祭品，接着摆下七盏又七盏的祭酒，随后，我将散发着香气的芦苇、雪松和香桃木放在祭台，向四方祷告。不一会儿，众神闻到香味，便迅速聚拢过来。

　　"伊什塔尔首先来到祭台，取走了珠宝首饰，那是天神安努为讨她欢心而特制的礼物。众神到来后，纷纷向女神伊什塔尔问好。女神伊什塔尔说：'神啊，请将宝石项链挂在我的脖颈上，让我铭记这些日子，铭记这些人们。'接着，她又说道：'诸神，请到祭台前面来，享用牺牲，但是不允许恩利尔前来。就是因为他不加以考虑就发动这场大洪水，将苏鲁帕克城彻底淹没，导致人类毁灭。'

　　"这会儿，恩利尔已经来到祭台前，当他看到方舟，怒不可遏，生气地问责众神：'我们共同发过誓言，一个人也不许留，为什么这些生灵能够得以逃脱？'

　　"战神尼努耳塔，也就是恩利尔与宁利尔的儿子，对英勇的恩利尔说道：'能将这件事做得如此妥帖，除了埃阿神，还有谁能做得到呢？'

　　"埃阿神走过来，对怒气冲冲的恩利尔说道：'众神之主啊，你是智者，是英雄，这次怎能如何失策？你为什么不考虑清楚就发动了这场大洪灾呢？如果有人犯错，那就惩罚犯错的人，为什么让无辜者也无端丧命？即使人类都有错，你要惩戒，可以放出狮、虎、狼等野兽，或者放出瘟疫或旱灾，或者让埃拉降世，都可以使人类减少。泄露众神秘密的人并不是我，而是乌特纳匹施提在梦中得知了这一消息。现在，乌特纳匹施提就在眼前，如何处置，悉听尊便！'

"恩利尔听完埃阿神的话，朝我走过来。他握着我的手，让我带他参观方舟。他叫出了我的妻子，我们一起跪在他面前，求他宽恕。恩利尔站在我们中间，摸着我们的前额，赐予我们祝福：'从今天起，乌特纳匹施提和他的妻子与神同寿，与神同列！不过，你们必须避世隐居，永驻水天之岸。'"

这就是乌特纳匹施提得到永生的故事。

第五部分

重回乌鲁克城

七个面包

听完先祖乌特纳匹施提的故事，吉尔伽美什不免有些失望。乌特纳匹施提之所以得到永生，是众神的赐予，这就是他一直追寻的秘密，没有仙家术法，也没有灵丹妙药。而与神同列、与神同寿的乌特纳匹施提，只能避世隐居，永驻水天之岸，再无缘人世繁华。如今，谁有能耐再次将众神召集在一起，赐予他永生呢？他自己又该去哪里寻求永生之术呢？

看着无比失落的吉尔伽美什，乌特纳匹施提说道："吉尔伽美什，这样吧，如果你能够六天六夜不休不眠，我就告诉你一个永生的方法。"

吉尔伽美什听了，重新又兴奋起来，当即答应了。

他盘腿坐下，睁大眼睛，努力撑过了半天时间。他感觉睡意如浓雾一般笼罩在头顶，越来越重。很快，时时刻刻想着寻求永生之术的吉尔伽美什就睡着了。乌特纳匹施提夫妇不禁笑了。妻子说："快把他叫醒，让他早些回去吧！乌鲁克的子民都在等着他们的国王呢！"

乌特纳匹施提说："别急，如果我们就这样叫醒他，他不会相信，也不会死心。我来想个办法，让他心服口服！"

乌特纳匹施提让妻子每天烤一个面包，放在吉尔伽美什的面前，过一天就摆一个面包，同时在墙上做下标记，记录吉尔伽美什睡了几天。

妻子按照乌特纳匹施提说的去做了，每天烤一个面包，放在吉尔伽美什的面前，过一天就摆一个面包，同时在墙上做下标记，记录吉尔伽美什睡了几天。

七天过去了，吉尔伽美什还没有醒来。第一天的面包已经干透了，第二天的面包已经变硬了，第三天的面包已经发霉了，第四天的面包已经发潮了，第五天的面包变色了，第六天的面包出炉不久，第七个面包正在炉边烤着。

乌特纳匹施提走到吉尔伽美什身边，推了推他。吉尔伽美什醒了，说道："我刚打了个盹儿，怎么就把我叫醒了！"

"吉尔伽美什，来，看看这些面包，"乌特纳匹施提笑着说，"这是你睡着的时候做的面包。过一天就做一个。"

吉尔伽美什看着面前一字摆开的面包：第一天的面包已经干透了，第二天的面包已经变硬了，第三天的面包已经发霉了，第四天的面包已经发潮了，第五天的面包变色了，第六天的面包出炉不久，第七个面包正在炉边烤着。证据在此，他也无话可说了。

　　"乌特纳匹施提，我该怎么办呢？"吉尔伽美什沮丧地说，"如果我就这样返回乌鲁克城，就会被死神紧紧抓住我的身体，他守在我的床边，不管我是睡着了，还是醒来后，死亡的阴影始终都笼罩在我的头顶。"

　　乌特纳匹施提没有回答吉尔伽美什的话，而是走到摆渡人乌尔沙那比的身边，对他说："乌尔沙那比，你不应该擅自把陌生人带到这里来，从今往后，你的船将靠不了海岸，找不到码头，停不到渡口！"乌特纳匹施提指了指吉尔伽美什，又说道，"你瞧，你带来的那个人蓬头垢面，破衣烂衫。乌尔沙那比，你带他去清洗一番，让他洗掉满身污淖，露出他光洁的肌肤，让他扔掉破旧的狮皮，露出健硕的身体！然后，给他换上华服锦袍，束上长发，戴上新头巾。在他返回乌鲁克城之前，要让他恢复原有的英姿与风采，保证他的衣服干净整洁，没有一丝褶皱！"

　　摆渡人乌尔沙那比遵从乌特纳匹施提的指令，带吉尔伽美什去浴场好好清洗了一番，焕然一新，就像他出发前一样。

长生仙草

返程的时间到了，吉尔伽美什登上船，乌尔沙那比解开缆绳，收起锚链，撑起棹，将船划离了海岸。

乌特纳匹施提夫妇站在岸上为他们送行。妻子看着吉尔伽美什落寞的身影，说道："吉尔伽美什历尽艰辛来到这里，就这样两手空空地回去了，我们什么礼物也没有送给他，真是有些愧疚啊。"

妻子的话提醒了乌特纳匹施提。"哎呀，我怎么忘记了，我有个宝贝可以送给他呀！"于是，他对船上的吉尔伽美什喊道："吉尔伽美什，听好了，这是一个可以重返青春的秘密：大海中央的最深处长着一株仙草，外表像枸杞，芒刺像野蔷薇，很容易刺伤人。如果你能摘到那株仙草，就可以青春永驻！"

吉尔伽美什听了，很是高兴，这一趟总算没有空手而归。

到了海中央，吉尔伽美什在脚上绑上沉沉的石块，然后一头扎进水里，随着石块的重力慢慢潜到了海底。果真，乌特纳匹施提说的没错，在那里的确有一株闪光的仙草，外表像枸杞，芒刺像野蔷薇，如果想要摘下它，难免要被刺伤双手。吉尔伽美什并不在乎这些，他用手抓住仙草的根部，顾不得刺痛，用力将它拔了起来，然后急忙解开脚上的石块，浮出了海面。

吉尔伽美什举着仙草，对乌尔沙那比说："你瞧，摆渡人，我摘下了仙草，吃了它就可以重返青春！我要把它带回乌鲁克城，让所有子民都尝一下这株仙草，每个人都可以永葆青春，那该多好啊！我要给这株仙草起个名字，嗯，就叫它'返老还童'草吧！有了它，我就可以重新变成健美的少年！"说完，他把仙草小心翼翼地贴身收好。

乌尔沙那比也很高兴，继续护送吉尔伽美什返程。

一路上，二人每走六十英里，就吃面包、喝泉水补充能量，每走九十英里，就停下来休息。

这天，他们在一个水塘边休息。吉尔伽美什看塘水清澈可爱，就脱掉衣服，跳了下去，准备好好清洗一下。这时，一条蛇闻到长生仙草的芳香，悄悄地爬了过来，一口就吞了下去。吉尔伽美什清洗完，穿好衣裳，忽然发现仙草不见了，他四处寻找，这时，只见那条蛇正扭动着身体，蜕去老皮，变成一条小蛇，迅速爬走了。

原来仙草被这条蛇吃掉了。

吉尔伽美什懊恼地坐在地上，捶打着脑袋，号啕大哭起来。乌尔沙那比看着眼前的一切，什么都明白了。

"摆渡人，"吉尔伽美什说道，"我为我的同类历尽千辛万苦，尝尽苦辣酸甜，直走到水天之岸寻求永生的秘密，可是到头来却做了一场无用功。好不容易得到先祖乌特纳匹施提的指点，摘到一株仙草，想要带给我的子民，谁知最终竟然便宜了一条蛇。这也许就是神的旨意，为的是让我放弃永生的念头。"

乌尔沙那比听了，安慰他道："如果真的是神的旨意，那么，你就别再执着于追求永生，我们还是尽快上路，早些回乌鲁克城吧！"

吉尔伽美什无可奈何，止住了哭泣，振作精神，再次踏上了返程之路。他们依然是每走六十英里，就吃面包、喝泉水补充能量，每走九十英里，就停下来休息。

数日后，终于到达了乌鲁克城。

看着久别的乌鲁克城，吉尔伽美什既感觉亲切，又感觉自豪，他对摆渡人说："乌尔沙那比啊，快看，这就是我的乌鲁克城！我带你登上城墙去走一走，看看这城砖多么结实，踩一踩这地基多么坚固，这王城多么牢不可破！再看看我们的神庙，我们的果园！瞧，那边最热闹的是居住区，最雄伟庄严的是安努和伊什塔尔神庙，那边飘着果香的是椰枣园林，还有远处是郊区山地。"

摆渡人不禁感叹道："假如我拥有这样美好的城邦，我绝不会远离故乡，去寻求永生之术，只愿守护着我的子民一生安乐！"

灵魂相见

回到乌鲁克城之后，吉尔伽美什难免有些许的遗憾和失落，看着熟悉的一切，他又想起了恩奇都，心中的痛楚与思念并没有比寻求永生之前有所减轻，他真的很想再见好朋友一面，就是跟他拥抱片刻，说上几句话也好呀。

这天，吉尔伽美什累极了，不知不觉陷入睡梦中。在梦中，鼓和鼓槌从他手中滑落，坠入了冥界。吉尔伽美什伸手去捞，却没有捞起。这不是普通的鼓和鼓槌，它们有着非凡的来历。

据说当年女神伊什塔尔在幼发拉底河河边散步，无意间发现了一棵扶鲁卜树，就将它移植到了乌鲁克城。可是，没想到，这棵扶鲁卜树却招来了妖女、鹫鸟和花蛇，他们在树上盘踞不走。有一天，吉尔伽美什赶走了妖女、轰跑了鹫鸟、斩杀了花蛇，保住了扶鲁卜树。女神伊什塔尔为了表示感谢，就用扶鲁卜树的树梢做了一面鼓和一副鼓槌送给了他。

所以说，这是吉尔伽美什的心爱之物，眼看丢了，他着急得哭起来。

这时，恩奇都出现了。

"我的朋友，吉尔伽美什，"恩奇都说，"你怎么哭了？有什么需要我帮助的吗？"

"恩奇都，我的朋友，我的鼓和鼓槌掉进冥界了。"吉尔伽美什说道。

"不用担心，我的朋友，"恩奇都说，"我这就去冥界帮你把鼓和鼓槌找回来。"

"我的朋友，如果你要去冥界帮我把鼓和鼓槌找回来，那么，"吉尔伽美什说，"你一定要按照我说的做：

别穿干净整洁的衣裳，否则，他们会发现你是个新人；
别将香油涂抹在身上，否则，他们会闻到香味；
别用枝条抽打幽灵，否则，他们会把你包围；
别在冥界挥舞棍棒，否则，他们会因此而发抖。
你的脚上不能穿鞋子；
不要发出任何响动；
不要亲吻你宠爱的妻子；
不要笞打你厌恶的妻子；

不要亲吻你宠爱的儿子；
不要笞打你厌恶的儿子；
这些都不要做，否则，
幽灵的哀号声会将你淹没！

当你走进冥界，你将会看到有个女人安静地睡在那
儿。她是冥界的女王埃瑞什基迦尔，也就是宁阿祖的母
亲。她赤裸着肩膀，裸露着胸脯，身体闪着迷人的光泽。
请你千万不要惊扰她。"

可是，恩奇都并没有听从吉尔伽美什的话：

他下到冥界时，
穿着干净整洁的衣裳，幽灵看出他是个新来的；
他的身上涂抹了香油，幽灵循着香味追随而来；
他用枝条抽打幽灵，他们将他紧紧包围；
他挥舞着棍棒，幽灵因此而瑟瑟发抖。
他的脚上穿着鞋子；
他忍不住发出了响动；
他亲吻了他宠爱的妻子；
他笞打了他讨厌的妻子；
他亲吻了他宠爱的儿子；
他笞打了他讨厌的儿子；

幽灵的哀号声淹没了他！

　　他走进冥府，看到有个女人安静地睡在那儿。她是冥界的女王埃瑞什基迦尔，也就是宁阿祖的母亲。她赤裸着肩膀，裸露着胸脯，身体闪着迷人的光泽。恩奇都发出的响动惊扰了她。

　　因此，恩奇都没能离开冥界，自然也就没能返回人间。冥府大臣纳姆塔尔不曾抓住他，邪恶幽灵阿萨库不曾抓住他，冥府女王埃瑞什基迦尔的丈夫——奈伽尔的护卫也不曾抓住他，最后，冥府却抓住了他！他不曾在战斗中倒下，却永远地留在了冥府！

　　在梦中，吉尔伽美什——乌鲁克的王——女神宁孙的爱子，为他的朋友恩奇都痛惜地哭泣。吉尔伽美什不甘心，他四处游荡，向诸神哭诉，祈望他们怜悯他的朋友恩奇都。

　　他来到埃库尔，大地和空气之神恩利尔的府邸，哭诉道：

　　"敬爱的父神恩利尔，今天我把鼓和鼓槌掉进了冥界，我的朋友恩奇都下去帮我寻找，却被冥府抓住了！冥府大臣纳姆塔尔不曾抓住他，邪恶幽灵阿萨库不曾抓住他，冥府女王埃瑞什基迦尔的丈夫——奈伽尔的护卫也不曾抓住他，最后，冥府却抓住了他！他不曾在战斗中倒下，却永远地留在了冥府！"

父神恩利尔听完，默然无语。吉尔伽美什只得离开。

他来到乌尔城，月神辛的府邸，哭诉道：

"敬爱的月神辛，今天我把鼓和鼓槌掉进了冥界，我的朋友恩奇都下去帮我寻找，却被冥府抓住了！冥府大臣纳姆塔尔不曾抓住他，邪恶幽灵阿萨库不曾抓住他，冥府女王埃瑞什基迦尔的丈夫——奈伽尔的护卫也不曾抓住他，最后，冥府却抓住了他！他不曾在战斗中倒下，却永远地留在了冥府！"

月神辛听完，未发一言。吉尔伽美什只得离开。

最后，吉尔伽美什来到了埃利都，智慧之神埃阿的府邸，哭诉道：

"敬爱的智慧之神埃阿，今天我把鼓和鼓槌掉进了冥界，我的朋友恩奇都下去帮我寻找，却被冥府抓住了！冥府大臣纳姆塔尔不曾抓住他，邪恶幽灵阿萨库不曾抓住他，冥府女王埃瑞什基迦尔的丈夫——奈伽尔的护卫也不曾抓住他，最后，冥府却抓住了他！他不曾在战斗中倒下，却永远地留在了冥府！"

这次，智慧之神埃阿终于不再沉默，他答应伸出援助之手，替吉尔伽美什向太阳神沙马什求个人情。

"太阳神沙马什，奈伽尔的儿子，"智慧之神埃阿说道，"为你庇佑的吉尔伽美什做点儿什么吧，他的心跟随恩奇都走了，乌鲁克的子民失去了主心骨。你只须将冥界打开一条缝隙，把恩奇都的灵魂带出来，就当作带出一个幽灵吧！"

太阳神沙马什答应了。他将冥界打开一条缝隙，把恩奇都的灵魂带了出来，就像带出一个幽灵那样，送到了吉尔伽美什的面前。

吉尔伽美什见到恩奇都，忍不住跑上前去与他紧紧拥抱、亲吻。他觉得心里有千言万语要讲，却不知该从哪一句说起。"我的朋友，恩奇都，告诉我，"吉尔伽美什问道，"快告诉我，我的朋友，将你看到的冥界的一切景象讲给我听！"

"不，我的朋友，"恩奇都说道，"吉尔伽美什，我不能讲给你听，我不能将我在冥界看到的一切景象告诉你，否则，你会痛哭的！"

"我宁愿痛哭！"吉尔伽美什回答道。然后，他向恩奇都打听在冥界的所见所闻。

"恩奇都，有一个儿子的人，你看到了吗？"

"我看到了，吉尔伽美什。他像一颗钉在墙上的钉子，很是痛苦！"

“恩奇都，有两个儿子的人，你看到了吗？”

“我看到了，吉尔伽美什。他坐在两块摞起来的砖头上边吃面包。”

“恩奇都，有三个儿子的人，你看到了吗？”

“我看到了，吉尔伽美什。他在喝挂在马鞍子上的水袋里面的水。”

“恩奇都，有四个儿子的人，你看到了吗？”

“我看到了，吉尔伽美什。他像拥有驴队的主人一样欢喜。”

“恩奇都，有五个儿子的人，你看到了吗？”

“我看到了，吉尔伽美什。他像一位有身份的书吏那样，悠闲地走进宫殿。”

“恩奇都，有六个儿子的人，你看到了吗？”

“我看到了，吉尔伽美什。他像耕田的农夫一样快乐。”

“恩奇都，有七个儿子的人，你看到了吗？”

“我看到了，吉尔伽美什。他和小神一起坐在宝座上，审听着诉讼。”

“恩奇都，地下宫殿的宦官，你看到了吗？”

“我看到了，吉尔伽美什。他像根笔杆一样直立在角落。”

“恩奇都，被船桨打伤的人，你看到了吗？”

“我看到了，吉尔伽美什。他在想怎样把钉子拔出来。”

“恩奇都，自然死亡的人，你看到了吗?”

“我看到了，吉尔伽美什。他很舒服，有床睡，有水喝。”

“恩奇都，在战斗中死亡的人，你看到了吗?”

“我看到了，吉尔伽美什。他的父母为他骄傲，他的妻子伤心落泪。”

“恩奇都，死在荒郊野外的人，你看到了吗?”

“我看到了，吉尔伽美什。他的灵魂游荡不安。”

“恩奇都，没有葬礼祭品的人，你看到了吗?”

“我看到了，吉尔伽美什。他在捡别人丢弃的食物残渣吃。”

短暂的相聚之后便是离别，恩奇都必须回地下宫殿去，吉尔伽美什哭着不肯放开他的手。恩奇都安慰吉尔伽美什道:“别伤心，我的朋友，终有一天我们会再相见的!”

吉尔伽美什醒来了，只觉得泪流满面，声音嘶哑。

吉尔伽美什与阿伽

　　与恩奇都的灵魂相见之后，吉尔伽美什心里释然了许多。是的，终有一日，他们兄弟会再相聚的。生如何？死如何？一个人碌碌无为，得到永生又有什么意义？

　　因此，吉尔伽美什不再执着于对生与死的探索，也不再恐惧死亡的降临。他想，既然一个人的生命注定是有限的，那么不如珍惜眼前，让每一天都过得有意义。从那以后，他开始真正意识到自己身为乌鲁克王的责任，他决定在有生之年将乌鲁克建成世界上最美好、最幸福的城邦，让他的子民过上和平、安宁的生活。他重建神庙，加固城墙，兴修水利，赢得了乌鲁克人民的拥戴。

　　正在乌鲁克人民积极修缮工事的时候，基什王恩美巴拉可西的儿子阿伽，派遣使者前来递送战书。

　　吉尔伽美什紧急召集乌鲁克的长老们商议对策。他说："乌鲁克城的许多工事还没有修缮完毕，基什王趁此时前来挑衅，我们该战，还是该降？"

长老们面面相觑，议论纷纷，他们认为发动战争的损耗太大了，为保城邦平安，最好是与基什讲和。当然，讲和也是要付出代价的。

吉尔伽美什摇了摇头，他并不赞成长老们的建议。他来到乌鲁克城的中央广场，召集城中的青年，问道："乌鲁克城的许多工事还没有修缮完毕，基什王趁此时前来挑衅，我们该战，还是该降？"

乌鲁克城的青年听了，毫不犹豫，异口同声地说："我们绝不向基什投降，我们有手有脚，有勇气也有武器，怎么能还没开战，就认输呢？我们是乌鲁克城的子民，也是乌鲁克城的守护者，必须担负起保护城邦的职责！

"乌鲁克城是天神安努亲手缔造的，它得到诸神的庇佑！吉尔伽美什，乌鲁克的王，他的母亲是女神宁孙，父亲是卢伽尔班达国王，他是众神共同创造的英雄，是备受天神安努喜爱的王子！如果阿伽执意前来侵犯，那就让他知道我们的厉害！"

听了城中青年的这番话，吉尔伽美什十分欢喜，这正是他要的回答！

吉尔伽美什——乌鲁克的王下令："乌鲁克的青年男

子，拿起武器，集结队伍，准备与基什决战！让手中的利剑告诉敌军，胜利属于乌鲁克！让阿伽知道，他此行必定无功而返！"

几天后，基什王阿伽率兵围困乌鲁克城。吉尔伽美什看着整装待发的队伍，大声问道：

"乌鲁克的勇士们，建功立业的时候到了，谁第一个出战？"

"我！"队伍中有人高声喊道，"我愿第一个出战，探一探基什的情况！我的王，请允许我出战，我一定不辱使命，搅乱敌军的步伐，让基什人心涣散！"

说话的人名叫皮尔胡图拉，是一名禁军侍卫。吉尔伽美什批准了他的请求。

皮尔胡图拉单枪匹马杀出乌鲁克城，直奔基什军而来，闯入敌营。没几个回合，这位英勇的侍卫就被生擒活捉，带到了基什王阿伽的面前。

基什的士兵将皮尔胡图拉打得遍体鳞伤，叫他交代乌鲁克城的军情。皮尔胡图拉闭口不答。这时，基什王阿伽看到乌鲁克城头站着一位将领，正在俯身观战。于是，他叫士兵将皮尔胡图拉带过来，问道："站在乌鲁克城头的那位将领，是你们的王——吉尔伽美什吗？"

"不！"皮尔胡图拉大声说道，"他不是我们的王！我们的王——吉尔伽美什是女神宁孙和国王卢伽尔班达的爱子，受众神庇佑！他英勇无比，风采非凡。在他面前，敌军举不起刀剑，迈不出脚步，更不敢互相厮杀。有他在，城邦永无战乱，河口永不堵塞，船头永不折断！基什王遇到英勇的吉尔伽美什，也必然失败！"

基什王阿伽听了皮尔胡图拉的话，气愤得下令又将他打了一顿。

这时，吉尔伽美什走上乌鲁克的城头观察战事，他的出现令乌鲁克的士气大振，人们高喊着吉尔伽美什的名字，表达必胜的信心。

阿伽命人将皮尔胡图拉再次带到面前，问道："站在乌鲁克城头的那位将领，是你们的王——吉尔伽美什吗？"

皮尔胡图拉回答道："那正是我们的王——吉尔伽美什！"

就像皮尔胡图拉说过的那样，吉尔伽美什出现在乌鲁克城头之后，基什的士兵被他的英雄气势所震慑，他们惶恐不安，纷纷后退；河口发生堵塞，船头被折断；基什王阿伽也被乌鲁克的士兵俘虏。

"阿伽，恩美巴拉可西的儿子，基什的王，"吉尔伽美什对阿伽说道，"请给乌鲁克和基什的人民一个和平安宁的城邦，永不再战！你曾经拥抱被俘的士兵，曾经喂养流浪的鸟儿，那么，也请善待你的子民！"

"吉尔伽美什，女神宁孙和国王卢伽尔班达的儿子，乌鲁克的王，"阿伽对吉尔伽美什赞美道，"乌鲁克城是天神安努亲手缔造的，它得到诸神的庇佑！你是众神创造的英雄，是备受天神安努喜爱的王子！"

"阿伽，"吉尔伽美什又说道，"我在太阳神沙马什面前承诺，我会放你回去！也请你记住你的承诺！"

"吉尔伽美什，乌鲁克的王，我们赞美你！"阿伽听到吉尔伽美什的话，很是高兴，真诚地说道，"我会信守承诺，善待子民！愿我们永缔盟约，和平共处！"

吉尔伽美什之死

吉尔伽美什已不再年轻，他那健硕的身体日渐瘦弱，俊美的脸庞有了病容；那个英勇无比的乌鲁克王，那个远征雪松林、杀死洪巴巴和天牛的人，那个东征西讨、从无败绩的英雄，倒下了。

死神的脚步越来越近，俯视着病床上的吉尔伽美什。他像 只困在浅塘里的鱼，像一只掉进陷阱中的兽，像一只断了翅膀的鸟，吃不下饭，睡不好觉，也没有力气起床走动。吉尔伽美什自知，他的生命即将走到尽头。

努迪姆德托梦给吉尔伽美什，让他来到众神集会的神殿。吉尔伽美什听到众神正在讨论关于他的结局。智慧之神埃阿向众神讲述着吉尔伽美什这一生的事迹：

"吉尔伽美什是女神宁孙和国王卢伽尔班达的儿子，众神创造了他，给予他智慧与力量，庇佑他成为一代英雄。吉尔伽美什踏遍千山，行过万水，他征服过雪松林，打败了洪巴巴，杀死了天牛，拯救了乌鲁克人民，见到了先祖乌特纳匹施提，知道了他得到永生的真相，听过了大洪水的故事，摘到过长生仙草。他守护了乌鲁克城的平安，重新修建了神庙，复兴了苏美尔的古老礼仪……"

讲到此处，埃阿转向安努和恩利尔，说道："那次大洪灾中，乌特纳匹施提在梦中得知神的秘密，逃出生天。我们共同赐予他与神同寿，同时，我也曾以天地之名起誓，不再让其他人得到永生的恩赐。现在，我们需要商量一下，吉尔伽美什的结局该如何安排？他是女神宁孙和国王卢伽尔班达的儿子，三分之二是神，三分之一是人，他能否得到永生？"

只听神殿上有一位神建议道："虽然吉尔伽美什是女神宁孙和国王卢伽尔班达的儿子，三分之二是神，但他毕竟还有三分之一是人。作为一个人，生命注定是有限的，最终必有一死。吉尔伽美什为人正直，公平无私，在他死后可到冥界做个判官，他一定可以处理好冥府的案件！"

听到众神的最终审判，吉尔伽美什知道一切尘埃落定，不可更改。这时，埃阿向吉尔伽美什传达警示：

"吉尔伽美什，天神恩利尔安排了你的命运，让你享有至高的王权，失去永生的权利，这是公平的。要知道，人从生下来的那一刻，就终有一死，所有人都是平等的。

不同的是，有的人庸庸碌碌，有的人大展宏图。你在有生之年，做了你想做的事情，完成了自己的使命，大地上有你的名字，神庙里有你的雕像。而且，你很快就可以与你的朋友恩奇都相见了！所以，不要带着沮丧的心情离去。太阳神沙马什会赐予你祝福！"

吉尔伽美什的心情平静下来，他将长老们召集过来，把乌鲁克城的事务交代清楚，又吩咐道："我的一生，做过错事，也做过好事，其中有经验，也有教训。所以，请你们把我的事迹记录下来，刻在泥板上，留给后世的人们借鉴与学习。"

说完，吉尔伽美什就与世长辞了。

乌鲁克的祭司来到吉尔伽美什的床前，亲吻他的双脚："吉尔伽美什，乌鲁克的王，愿太阳神沙马什庇佑你！愿众神接纳我们的王，赐予他祝福！"

这一天，听到王宫传出的钟声，乌鲁克静默了，所有居民静默了。他们的国王去世了，那位能征善战、英勇无比的吉尔伽美什离开了！工匠们放下手中的斧凿，姑娘们停下手中的纺车，士兵们收起手中的刀剑，农人们扔掉手中的锄头，商人们关闭了店铺……山河无声，举国同哀。

人们为吉尔伽美什修建了坚固而奢华的陵墓，其中的布局与他生前住的宫殿一般无二，以让他们的国王安睡在自己熟悉的寝殿。吉尔伽美什下葬后，他生前宠爱的姬妾、忠诚的仆人、贴身的侍卫一同陪葬。一起葬入陵寝的还有无数的奇珍异宝，那是送给地下女王伊尔卡拉和冥界的各位官吏的。然后，人们在吉尔伽美什的陵墓前设置祭台，摆上祭器与祭品，向四方众神祷告，希望他们能善待吉尔伽美什，让乌鲁克国王的灵魂得以安息。

根据吉尔伽美什的嘱托，长老们将他的事迹一一刻在泥板上，一共刻了十二块泥板。这些泥板被珍藏在乌鲁克城的神庙里，一代一代地流传下来。正因为如此，我们今天才有机会看到发生在四千八百多年前的故事，才能了解吉尔伽美什这位英雄的传奇故事。

人物索引表

阿达德（Adad）：苏美尔神话中的风暴之神。

阿伽（Agga）：苏美尔城邦时期的基什王，恩美巴拉可西之子。

阿鲁鲁（Aruru）：大母神宁胡尔萨格的别称，主管生育。

阿萨库（Asakku）：苏美尔神话中的幽灵。

埃阿（Ea）：苏美尔神话中的水神、智慧之神，帮助乌特纳匹施提逃过大洪灾的人。

埃拉（Erra）：美索不达米亚神话中的神灵。

埃瑞什基迦尔（Ereškigal）：苏美尔神话中的冥府女王。

安努（Anu）：天神，众神之父。

安努那基（Anunnaki）：众神的统称。

安图姆（Antum）：天神安努的妻子，伊什塔尔的母亲。

蓓蕾特·瑟里（Belet-Seri）：苏美尔神话中冥府的书记官，掌管人的生死簿。

蓓蕾特·伊莉（Belet-Ili）：大母神宁胡尔萨格的别称，在神话中，主要掌管生育。

比布（Bibbu）：苏美尔神话中冥府的屠夫。

恩利尔（Enlil）：大地和空气之神，苏美尔神话中的主神之一，发动大洪水的决策者。

恩美巴拉可西（En-me-bara-ge-si）：苏美尔城邦时期的基什王，阿伽的父亲。

恩努基（Ennugi）：苏美尔神话中恩利尔的侍卫。

恩奇都（Enkidu）：大神阿鲁鲁创造的野人，吉尔伽美什的伙伴。

洪巴巴（Hubaba）：恩利尔派去雪松林的守护者。

胡什彼沙格（Hušbishag）：苏美尔神话中冥府的侍卫。

吉尔伽美什（Gilgamešh）：史诗中的英雄，乌鲁克的第五位王。

卡萨·塔巴特（Qassa-tabat）：苏美尔神话中冥府女王埃瑞什基迦尔的侍女。

卢伽尔班达（Lugalbanda）：苏美尔文学作品中的人物，在大洪水过后的《苏美尔王表》中，他是乌鲁克的第三位国王。

纳姆塔尔（Namtar）：苏美尔神话中冥府的一位大臣。

纳木拉－西特（Namra-sit）：苏美尔神话中冥界的一位神灵。

奈伽尔（Nergal）：苏美尔神话中恩利尔和宁利尔的儿子。还有人说他是冥府女王埃瑞什基迦尔的丈夫。

尼努耳塔（Ninurta）：恩利尔与宁利尔的儿子，苏美尔神话中的战神。

尼萨巴（Nisaba）：苏美尔神话中的书写女神。

宁阿祖（Ninazu）：苏美尔神话中的一位神灵。冥府女王埃瑞什基迦尔之子。

宁格什孜达（Ningišzida）：苏美尔神话中冥界的神灵。

宁舒鲁哈图玛（Ninšuluhhatumma）：苏美尔神话中冥府的女仆。

宁孙（Ninsun）：野牛女神，吉尔伽美什的母亲。

努迪姆德（Nudimmud）：水神恩基的别称。

蒲祖尔·恩利尔（Puzur Enlil）：大洪水灾难中，帮助乌特纳匹施提封闭船舱的人。

沙卡（Šakkan）：苏美尔神话中冥府司牛的神灵。

沙姆哈特（Šhamhat）：《吉尔伽美什史诗》中引诱恩奇都，并将他带回乌鲁克的人。

乌巴尔－图图（Ubara-Tutu）：大洪水故事中，乌特纳匹施提的父亲。

乌尔沙那比（Uršhanabi）：乌特纳匹施提的摆渡人，帮助吉尔伽美什渡过死亡之海的人。

乌特纳匹施提（Utnapishtim）：大洪水故事的主角。他在埃阿的提示下，修建方舟，逃过洪灾，得以永生。

西杜丽（Šiduri）：《吉尔伽美什史诗》中的卖酒妇。

辛（Sin）：苏美尔神话中的月神，乌尔城的守护神。

伊施拉努（Išullanu）：被女神伊什塔尔变成侏儒的园丁。

伊什塔尔（Ishtar）：两河流域诸神中最为重要的女神，主司丰收与战争。